Joseph
Conrad

Conrad's
Novels
and
Ethical
Criticism

赖干坚 · 著

康拉德小说与伦理批评

厦门大学出版社
XIAMEN UNIVERSITY PRESS

国家一级出版社
全国百佳图书出版单位

图书在版编目（C I P）数据

康拉德小说与伦理批评 / 赖干坚著. -- 厦门：厦门大学出版社，2022.8
ISBN 978-7-5615-8709-6

Ⅰ.①康… Ⅱ.①赖… Ⅲ.①康拉德（Conrad, Joseph 1857—1924）—小说研究 Ⅳ.①I561.074

中国版本图书馆CIP数据核字(2022)第149125号

出版人	郑文礼
责任编辑	王鹭鹏
封面设计	李夏凌
技术编辑	朱 楷

出版发行 *厦门大学出版社*

社　　址	厦门市软件园二期望海路 39 号
邮政编码	361008
总　　机	0592-2181111　0592-2181406(传真)
营销中心	0592-2184458　0592-2181365
网　　址	http://www.xmupress.com
邮　　箱	xmup@xmupress.com
印　　刷	厦门市竞成印刷有限公司

开本	720 mm×1 000 mm　1/16
印张	13.5
插页	1
字数	120 千字
版次	2022 年 8 月第 1 版
印次	2022 年 8 月第 1 次印刷
定价	60.00 元

本书如有印装质量问题请直接寄承印厂调换

厦门大学出版社
微信二维码　　厦门大学出版社
微博二维码

目 录

绪 论

伦理批评是康拉德小说干预生活的重要手段。

阿诺德在评法国作家约瑟夫·儒贝尔的长文里有一个响亮的论断——文学的最终目的乃是"一种对生活的批评"。利维斯的整个生涯都在证明这论断的正确性,他从不相信所谓的"纯文学"和文学的超然独立性。[①] 笔者据此认为,康拉德小说的伦理批评,乃是他的小说干预生活的一种重要手段。

康拉德的小说创作,绝大多数都涉及道德问题,这是不争的事实。其实文学作品涉及伦理道德问题是很正常的现象,因为伦理关系本是人类生活的基本关系,凡是贴近生活的文学作品,都免不了要表现人们之间的伦理关

---

① （英）利维斯:《伟大的传统》,袁伟译,三联书店 2000 年版,陆建德序第 10 页。原题为"利维斯《伟大的传统》"。

系。问题是作者持何种伦理观,从什么角度去表现生活,其目的是什么。从英国传统小说来看,在作品中宣扬某种道德观,是比较普遍的现象。康拉德生怕读者误会他的作品有意宣扬他的道德观,两度声明他的创作没有什么直接的道德目的。一次是在《"水仙号"上的黑水手》序言中,还有一次是在《个人纪事》的序言中。他表明,他"没有愿望去谴责、去讨好或者去教训人类。艺术,而不是说教,是他的目的。他的任务是让人们看到生活"。于是,"他对伟大场面的表现对他来说极其重要"。① 应该说,他的表白是真诚的。他的伦理批评的确不是为了道德说教,在这点上,他和大多数现代作家有共同的认识。但是,他和某些先锋派作家"非道德化"创作主张又有距离。他和英国文学的道德传统有着千丝万缕的联系,何况他是波兰贵族的后裔,对传统道德的接受具有坚实的生活基础。所以和他同时代的英国哲学家伯特兰·罗素认为:"康拉德在《间谍》中对无政府主义及其相关问题所作的种种思考,充分表明了康拉德不仅是一位有着贵族气派的波兰绅士,更是一位十分古板的道德家。"② 所谓

---

① R. M. Stauffer: *Joseph Conrad: His Romantic Realism*, Haskell House Publishers Ltd., 1922, p.86.

② (英)伯特兰·罗素:《罗素自传》(第一卷),胡作玄、赵慧琪译,商务印书馆 2002 年版,第 307 页。

"古板的道德家"指康拉德"对于某种道德原则与道德传统的继承与执着"①,康拉德小说的伦理批评依据的是传统道德的某些基本原则。诚然,他不是照搬这些原则,而是根据自己的理解,赋予它们新意,比如:"康拉德肯定仁爱、爱情、友谊、同情、伴侣关系、共同性等品质,因为它们护卫、支持人类生活,并不是因为在绝对的意义上,它们肯定是正确的;同样,他谴责残忍、自私和背叛,不是因为它们固有的虚假,而是因为它们否定人性。"②这表明他继承传统道德观的基本原则,不是单纯地考察这些原则本身,而是从人类生活、人性角度去理解它们,肯定它们的意义。再如他在《个人纪事》中宣称:"读过我的作品的那些人都知道,我确信,世界,即现实世界,是建立在一些非常单纯的观念上的,它们单纯得像群山一样古老,在其他观念中,它明显基于忠诚的观念。"③可见,康拉德是以传统道德的基本原则考察生活、表现生活的。

既然康拉德依据传统道德的基本原则考察生活、表

---

① 胡强:《康拉德政治三部曲研究》,中国社会科学出版社2008 年版,第 149 页。

② J. G.Peters: *Conrad and Impressionism*,Cambridge University Press,2001,p.143.

③ J. G.Peters, *Conrad and Impressionism*,Cambridge University Press,2001,p.85.

现生活,而又一再声明他这样做没有直接的道德目的,那么他在小说创作中引进伦理批评用意何在? 他在创作中坚持伦理批评的目的又是什么呢? 这是我们在探讨康拉德小说的伦理批评时,首先必须明确的一个问题。

康拉德在《在西方目光下》中曾经通过老语言教师之口说:"揭示道德风气的真相,应该成为所有故事的目标。"①这句话道出康拉德小说伦理批评的意旨。揭示道德现象蕴含的社会症结,应该是他伦理批评的主要目的。

康拉德一再否认他的创作有任何直接的道德目的,坚持认为:"艺术而不是说教,是他的目的。他的任务是让人们看到生活。"康拉德为何如此强调艺术与生活的关系呢? 法国作家、评论家安德烈·莫洛亚关于康拉德创作的一段话指出:"康拉德是一个海洋小说家,可以说更是一个某些道德主题的小说家。他明白这一点,他曾对高尔斯华绥说,不论你做什么,人们总是越过你的艺术去寻求你的思想,要引导当代的判断,则必须强调这些思想。倘若我们要理解康拉德的精髓,我们在这里就要重点分析这些道德性主题。"②正因为康拉德明白他通过小

---

① (英)康拉德:《在西方目光下》,赵挺译,上海译文出版社 2014 年版,第 73 页。

② (法)安德烈·莫洛亚:《约瑟夫·康拉德》,(英)康拉德:《大海如镜》,倪庆饩译,百花文艺出版社 2000 年版,第 207 页。

说艺术表现的生活蕴含着他对生活的道德评判,它可以起到引导当代生活评判的作用,这样他的伦理批评就成为干预当代生活的一种手段。有鉴于此,康拉德的朋友福特认为道德是康拉德认定的,根治苦难人类的种种疾病的万灵药。这样看来伦理批评已成为康拉德创作的艺术生命线。怪不得有人对他的伦理批评产生这样那样的误会时,他丝毫不退却。他在阐明自己真实思想的同时,坚守这道艺术生命线,充分发挥小说干预生活的艺术功能。

第一章　伦理批评确立的
　　　小说重要主题

康拉德把伦理批评视为他小说创作的艺术生命线、干预社会生活的重要手段,那么伦理批评成为康拉德小说的重要主题,就不足为奇了。

第一节　弘扬忠诚品德贯穿康拉德小说创作

康拉德在《个人纪事》的序言中宣称:"读过我的作品的那些人都知道,我确信,世界,即现实世界,是建立在一些非常单纯的观念上的,它们单纯得像群山一样古老,在其他观念中,它明显基于忠诚的观念。"这段话为我们理解他作品的道德主题提供了一把钥匙。正如批评家斯陀曼所说,"忠诚是康拉德的艺术法则和伦理法则的关键",

"忠诚也是他的所有想象性的创作所依据的主题"①。

"忠诚"是康拉德小说的基本主题,可以从两方面来理解。首先是正面弘扬忠诚的道德观。康拉德最早涉及忠诚道德观的作品是其成名作《奥尔迈耶的愚蠢》。奥尔迈耶歧视马来群岛的土著,坚决不同意他的女儿尼娜爱上马来酋长的儿子戴恩。可是在尼娜眼里,戴恩远比西方白人殖民者优秀,她不顾她父亲的胁迫,忠诚于与戴恩的爱情,毫不动摇。他们之间如胶似漆,简直像是莎士比亚悲剧中的罗密欧与朱丽叶之间的坚贞爱情。罗密欧与朱丽叶忠贞不渝的爱情具有反封建主义的意义,而尼娜对戴恩的爱情忠诚则彰显了现代反种族主义和父权专制主义精神。

康拉德正面弘扬"忠诚"道德观的作品主要是他描写海员冒险生活的海洋小说。

首先康拉德表现了海员对船舶的深厚感情;这种感情是海员在与船舶相依为命,长期共同抗击无情海洋的斗争中出现的。海员对船舶始终怀着像对待老伙伴似的不离不弃、至诚至信的深厚感情。

其次,康拉德在海洋小说中表现了海员在长期的航

---

① R. W. Stallman: Conrad and "The Secret Sharer", *In The Art of Joseph Conrad : A Critical Symposium*, ed. R. W. Stallman, Michigan State University. Press, 1960, p.277.

海生涯中培养起来的忠于职守的自律精神和刚强不屈的坚韧品格。《"水仙号"上的黑水手》中的老水手辛格尔顿,《台风》中的船长马克惠,都凸显了对事业的忠诚。

说实话,除了海洋小说之外,康拉德正面弘扬忠诚品德的作品并不多。这怎么说"忠诚"是康拉德小说的基本主题呢?其实"忠诚"之所以成为康拉德小说的基本主题,不在于这种品德是否得到了正面的凸显,而更多在于对现代生活中忠诚品德的缺失,对基于利己主义、自我中心主义,作为忠诚品德反面的"背叛"、"狡诈"等种种人类劣根性的表现上。康拉德表现人类种种与忠诚品德对立的劣根性,揭示其对社会的危害,揭示"忠诚"品德回归的必要性、紧迫性。

在康拉德的作品中,"忠诚"品德往往处于下风。例如,《间谍》中温妮对仁爱精神的执着,为她的丈夫维尔洛克的道德虚无主义所摧毁;《在西方目光下》中,忠于革命事业的霍尔丁为背叛友谊的拉祖莫夫所出卖;《阴影线》中,老船长背叛团体,为所欲为,狂妄不已,几乎葬送全船水手的生命。这些作品表明人欲横流、利己主义猖獗的现代社会,正在摧毁从古至今维系人类健全生活的道德观念——忠诚。

第二节　物质利益是如何摧毁道德理想的

在康拉德看来,对物质的贪欲,是人的本性,它既成为社会发展的动力,又在理性制约缺失的情况下造成个人人格的撕裂和社会的灾难。在资本主义发展过程中,人对物质的贪欲无限制地膨胀,成为万恶之源。

在表现人对物质利益的贪欲方面,康拉德的代表作品之一《诺斯托罗莫》(1904)极其突出。小说中描写的桑·托梅矿就是物质利益的象征,它的开采、发展既给这个国家带来物质上的进步与繁荣,又成为社会灾难之源。

首先,桑·托梅矿成为政权机构的腐蚀剂。在革命与反革命的斗争中,谁能控制桑·托梅矿,谁就立于不败之地,因此历届政府都想从桑·托梅矿窃取最大的利益。桑·托梅矿开采之初,当时政府几乎以强制方式把永久开采权卖给查尔斯·高尔德的父亲老高尔德,要他先交五年的税金,这明显是无理的盘剥。老高尔德虽然不情愿,但迫于政治压力,只好忍痛接受。但他无心经营银矿,政府又以玩忽职守的罪名向他勒索一笔罚金,种种残酷的盘剥耗尽老高尔德的资产,他在精神上受到极大的打击,他终于在抑郁悲愤中死去。

桑·托梅矿在查尔斯手里得到振兴。打着革命旗号的军阀蒙特罗兄弟为了抢占萨拉科的资源,率领乌合之众的队伍进入萨拉科城。攫取政权后,蒙特罗宣称要把桑·托梅矿收归国有,不料查尔斯·高尔德以决绝的口气说:这样的话,他要把银矿炸为平地。他不是说说而已,事实上他已做了周密的安排,一旦政府提出无理要求,他就和银矿同归于尽。见查尔斯态度强硬,蒙特罗不得不收敛嚣张气焰。但是为了夺取查尔斯隐藏的银锭,他逮捕了米歇尔船长、莫尼汉医生等人,胁迫他们供出银锭藏匿的地点,甚至将与银锭毫无关系的犹太皮革商希克斯折磨至死。小说以讽刺的手法揭示了这伙打着革命旗号的亡命之徒利欲熏心的丑恶嘴脸。

声称不介入政治的查尔斯,为了银矿开采顺利进行,处理事务时,不得不以金钱开路,贿赂政府官员。私下有传言,桑·托梅矿管理部门至少部分地资助了最近的革命,将文人身份的里比厄拉推上总统位置。这个文人独裁政府开初也声称立志改革,但上台之后让社会精英阶层大失所望。于是在最近一场政变中,里比厄拉被拉下台,连性命也险些保不住。种种迹象表明,对物质利益的贪欲是导致历届政府腐败的重要因素。

其次,对物质利益的贪欲摧毁了道德理想,造成个人人格撕裂。

老高尔德临死前曾经告诫回英国接受教育的查尔斯,别再回柯斯塔瓜纳,千万别去碰桑·托梅矿。可是成年后的查尔斯违背了父亲的遗愿。在二十岁时,查尔斯·高尔德陷入桑·托梅矿的巫咒之中。但那是另一种形式的痴迷,更适合他的青春年华。在那魔幻的程式中加入希望、朝气与自信的成分,而不是疲惫的义愤和绝望。查尔斯认为,"要大展宏图,银矿显然是唯一的空间——他决心使自己的叛逆(作为报答)尽可能地彻底。银矿曾是一场荒诞的道德灾难的起因,它的运作必须成为严肃的、道义方面的成功。他这样做完全是出于对父亲的缅怀。这就是,恰当地说,查尔斯·高尔德的感情"①。

年轻的查尔斯雄心勃勃,决心翻过桑·托梅矿悲剧性的那一页,在他手里,"他的运作必须成为严肃的道义方面的成功",他要通过矿业的振兴给社会带来繁荣、进步、安全、法治。他不畏艰难险阻,和他的妻子一道全身心地投身于银矿复兴的事业中去。在他的努力之下,荒废多年的桑·托梅矿终于走上生产的轨道,白花花的银锭,开始源源不断地被送下山,经过海运,北上送往美国。再从那边以贷款形式返回资金。表面看来,桑·托梅矿

---

①　(英)康拉德:《诺斯托罗莫》,刘珠还译,译林出版社 2001 年版,第 44,50 页。

的生产完全走上正轨,但在经营过程中,查尔斯夫妇碰到无数麻烦,以至于有一次查尔斯的妻子流露出灰心丧气的情绪,可是查尔斯毫无打退堂鼓的意思,决心迎着困难上。为了银矿生产的顺利运作,他甚至违背自己不介入政治的初心,经常向政府官员行贿,甚至曾资助文人官僚里比厄拉登上总统宝座。当军阀政府向他表示要把桑·托梅矿归为国有时,他坚决抵制。让人心灰意冷的严酷现实向查尔斯表明,银矿的兴盛只不过导致政治更加腐败,法治渺无希望,社会动荡不安。

但银矿带给他巨大的物质利益,使查尔斯感到自己多年的苦心经营终于有了回报。他从默默无闻的商人变为举足轻重、受人敬重的"萨拉科王"。事业的成功,使查尔斯无视现实的严酷。他现在懂得,要在这个奇异诡谲的现实世界上站稳脚跟,成为社会膜拜的人物,就必须拥有巨大的财富,而桑·托梅矿是他不绝的财源,因此他全身心地投入银矿的经营中去,把矿山视为心灵栖息地。查尔斯经常借口工作忙,住在矿区不回家。关于矿上的事务,他也不再像以前一样征求妻子的意见,想怎么做就怎么做。在心灵的深处,查尔斯已把自己的命运和桑·托梅矿捆绑在一起。他回答彼得罗的那句话"倘若政府要把桑·托梅矿收归国有,那我就要把矿山炸成平地,我将和矿山同归于尽"是他的肺腑之言,绝不是虚张声势的恫吓之词。为了维护自身的物质利益,查尔斯·高尔德甚至变得无所畏惧。在他心里,家庭的温馨、妻子的柔情,不过是庸人的慰藉罢了,对于在现实中进行生死拼搏的人来说,它只会起到消弥勇气、贪图安逸的消极作用。总而言之,物欲的膨胀已使查尔斯·高尔德丧失当日的豪情和理想,也给他和妻子艾米莉娅之间富于诗意和浪漫色彩的爱情蒙上浓浓的阴影。物质利益使他的心胸变得狭窄,目光变得短浅。可悲的是,他没有意识到自己在蜕变,只有妻子才敏锐地感到丈夫已变得陌生,令人难以理解。她觉得查尔斯像是迷恋上另一个女人,已把她丢在脑后,昔日两情依依的甜蜜情景似乎一去不复返。尽管如此,艾米莉娅依旧坚守自己的优秀品格,保持慈爱的秉性,关心他人胜于关心自己。可以说,艾米莉娅是小说中道德理想的卫士。她对物质利益如何腐蚀人性有深刻的体会。诺斯托罗莫被乔治·维奥拉误杀后,他的情人,维奥拉的小女儿吉赛尔,伤心至极,一向对人关心体贴的高尔德太太安慰她说:

"不要太伤心了,孩子。很快他就会因为财宝而忘了你。"

"夫人,他爱我。他爱我,"吉赛尔低语,伤心欲绝,"从来也没有一个人像我这样被爱过。"

"我也被爱过。"高尔德太太语气严厉地说。①

虽然艾米莉娅心知查尔斯爱银锭胜于爱她,但他们在社会上仍显得风光迷人,他们双双频繁地出访欧洲美国。若是失去财富,这一切都成为泡影。

但是这个萨拉科的第一夫人开始认识到,建立在物质利益之上的一切是多么虚幻!不错,西部省份已经独立,萨拉科已成为西部独立共和国的首府,在难得的和平气氛中,银矿的发展的确带来社会事业的进步。米歇尔的船队已大大扩充,他对有身份的来客夸夸其谈地描述萨拉科的繁荣景象。但是,深谙人性的莫尼汉医生,在和艾米莉娅一次推心置腹的交谈中一针见血地向她揭示了社会动荡不安的情景。艾米莉娅忧心忡忡地说:"难道永远不会有太平的一天吗?永远不会有安宁的日子吗?"艾米莉娅低语:

"我以为我们……"

"不会有的!"医生打断她说,"在物质利益发展过程中,不会有和平与安宁。物质利益有自己的法

---

① (英)康拉德:《诺斯托罗莫》,刘珠还译,译林出版社 2001 年版,第 28 页。

则,自己的公理,但却是建立在权宜之上,是非人性的;没有是非曲直,没有持续性,也没有仅仅在道德范畴内存在的效力。高尔德太太,高尔德特区所代表的东西,总有一天将和几年前的野蛮、残暴及苛政一样,成为人民头上不堪忍受的重负。"

"你怎么能这样说,莫尼汉医生?"她叫起来,好像医生的话伤及她心灵最敏感的部位。

"这是真的,我就能说,"医生执拗地坚持,"将和那些一样,而且将引发民愤、流血以及复仇,因为人民已经和以前不一样了。你是否认为矿工会跑进城搭救他们的总经理先生? 你是那样想的吧?"

她把手指交叉在一起的两只手背摁在眼睛上,发出绝望的喃喃声:"这就是我们为之奋斗的一切吗?"①

医生走后,艾米莉娅陷入痛苦的沉思之中,她想,查尔斯·高尔德"对伟大银矿的献身是不可救药的! 他顽强坚定地效忠于物质利益,坚信从中将获得秩序和与公理的胜利,无可救药……成功是巨大而持久的,在成功行

① （英）康拉德:《诺斯托罗莫》,刘珠还译,译林出版社 2001 年版,第 28 页。

动的必要条件中,有某种固有的、在道德理念上是堕落的东西。她看见桑·托梅矿驾凌于大草原,以及整个国土之上,令人畏惧,招人嫉恨,财大气粗,比任何暴君都更加无情无义,比最坏的政府都更加专横跋扈;在自我张扬之中,随时准备压垮不计其数的生命。他看不见这些,他不能看见这些"①。

如果说物质利益使艾米莉娅曾经沉迷的甜美爱情变为苦涩的回忆,这是她还可以忍受的,那么莫尼汉医生的一席话使她看到桑·托梅矿的成功将带来巨大的灾难,这是她难以忍受的伤痛,她对生活的信念被彻底地摧毁。

> 他曾经希望有长久的未来。或许——但不!不会有未来。一种无限凄凉的感觉,对自己生命延续的恐惧,袭上萨拉科第一夫人的心。她仿佛是一个不幸的睡梦中人,无可奈何地躺在无情的梦魇魔爪里,只听她以清晰的声音,毫无目的地、结结巴巴地道出:物质利益。②

---

① (英)康拉德:《诺斯托罗莫》,刘珠还译,译林出版社 2001 年版,第 396 页。

② (英)康拉德:《诺斯托罗莫》,刘珠还译,译林出版社 2001 年版,第 397 页。

艾米莉娅只感觉到桑·托梅矿并不像丈夫意料的那样，给社会带来秩序与公理，银锭也没给他们的家庭带来幸福，反而毁了他们的未来。她不晓得，这一切只因为桑·托梅矿产生的财富只掌握在少数人手中，穷苦的百姓照样穷苦，他们并没享受到银矿带来的裨益，所以，总有一天穷人要夺回他们被抢走的财富，这就是灾难的根源。艾米莉娅没领悟到这点，但她已感觉到一场巨大的灾难正在酝酿之中，所以她才会觉得他们不会有未来。这就是弥漫全书的怀疑主义的根源。正如英国著名批评家利维斯所说："正是这种无处不在，甚至是控制到全书的怀疑主义，使这部作品透露出某种'空洞之音'和'虚空的存在'。"①

　　在摧毁道德理想主义的同时，物质利益还导致个人人格撕裂。从以上分析看出，查尔斯·高尔德投身桑·托梅矿开采，起初还抱着几分崇高的愿望，他要振兴桑·托梅矿，给社会带来繁荣、进步与秩序。经过一番艰苦的奋斗，桑·托梅矿获得巨大的成功，尽管它没给社会带来秩序和公理，但社会的繁荣与进步却是不可否认的。桑·托梅矿使查尔斯·高尔德深深感到，物质利益是他实现人生价值的基础和可靠保证。这时，作为商业巨子

---

　　① （英）利维斯:《伟大的传统》，袁伟译，三联书店 2002 年版，第 333 页。

的查尔斯的人生价值观和他刚投身于银矿开发时的人生理念相比已发生了微妙的变化。如果说当初他怀抱的人生价值观更多带有理想成分的话，那么现在作为"萨拉科王"的商业巨子，查尔斯越来越把人生价值理念放在个人荣誉和地位之下，对公理、秩序的追求也逐渐从内心世界里淡出。如今他越是为银矿的经营埋头苦干，越是把银矿产生的物质利益和他个人的名誉地位紧紧联系在一起。显然他并不在乎人生价值观念的变化，反而觉得自己把桑·托梅矿的繁荣发展作为人生的第一要义是天经地义的。他的可悲之处就在于他没意识到对物质利益的沉迷正逐渐使他的品质败坏，人格发生撕裂。只有妻子艾米莉娅从自身日益被冷落、被忽视的不幸遭遇体悟到丈夫身上的质变。她深信，她丈夫"顽强坚定地效忠于物质利益，坚信从中将获得秩序与公理的胜利，无可救药"。

如果说查尔斯人格撕裂的情况还比较隐蔽，那么，码头工人诺斯托罗莫身上的变化就是显而易见的。诺斯托罗莫从拒腐蚀永不沾的"圣人"一下子蜕变为桑·托梅矿的窃贼。这种巨大的落差似乎是不可理解的。其实这一蜕变有深刻的内因和外因。内因方面，德考得一针见血地指出："这个人（指诺斯托罗莫）成为不可腐蚀的人，应归功于他贪得无厌的虚荣心。虚荣心乃是一种最精致的利己主义，可以呈现出一切美德的表象。"①诺斯托罗莫曾对马丁·德考得说，他到萨拉科来就是为了发财。既然如此，那他怎么赢得"拒腐蚀永不沾"的美誉呢？事实上他不是不爱财，只不过他不屑于发小财，而是想发大财；只要有机会，他就要大捞一把，两种因素促成这个机会。

其一，他多年来为资产者、统治者尽心竭力地服务，却没获得应有的回报。除了空泛的溢美之词，没有实质性的报偿，至少从经济上说，他至今仍穷得叮当响。而且从他所处的地位来看，他至今仍是个码头工长。只有当那些大人先生们碰到麻烦事时，才想到他，把他当一个卒子派上用场。他付出许多，却落得受冷落的待遇。他对此耿耿于怀、愤愤不平，内心深处存在伺机报复的念头。

其二，一个偶然的因素给他提供了一个让自己报复与发财兼得的机会。在时局混乱的情况下，银矿管理部门要把几箱银锭，从海上运往美国。诺斯托罗莫和德考得被任命去实施这一计划。他们运载银锭的小船刚出海，就遇上军阀开往萨拉科海港的运兵船，他们只得把小船驶到伊莎贝尔群岛的海湾里，把几箱银锭搬到岛上隐藏起来。诺斯托罗莫泅水回岸上办事情，让德考得独自

---

① （英）康拉德：《诺斯托罗莫》，刘珠还译，译林出版社 2001年版，第 229 页。

留在小艇上,诺斯托罗莫答应过几天便回来。可是他因有事耽搁了好几天,待回来时,他发现德考得已投海自尽。隐藏的几箱银锭自然就归诺斯托罗莫所有。诺斯托罗莫对外宣称,他们碰上叛军的运兵船,小艇连同银锭已沉入海中。诺斯托罗莫把银锭占为己有时,找到了一个冠冕堂皇的借口:"富人靠从穷人那儿偷走的财富生活,而他从富人手里只不过拿了由于他们的愚蠢和背信弃义差一点丢失的东西。"因此,他把桑·托梅矿险些丢失的银锭窃为己有,觉得合情合理,心安理得,但是,"窃贼"和"拒腐蚀永不沾"的美誉,在诺斯托罗莫心里总难以得到协调、平衡。对财富的秘密占有,并不能从他心里抹去窃贼的耻辱感,他总觉得人们发现了他的秘密,无声的诅咒使他在众人面前抬不起头来。他平生第一次感受到人格撕裂的伤痛。但康拉德并没把诺斯托罗莫描绘成令人厌恶的财迷,也描写他在误中老乔治的枪弹,生命弥留之际,对自己的行为有所悔悟。他对艾米莉娅说:"是银子杀了我,它抓住我不放,它现在还抓住我不放。"这使得诺斯托罗莫的下场带有些许悲剧色彩。

以上分析表明,《诺斯托罗莫》从历史和个人的角度揭示了物质利益贪欲已成为社会灾难的根源。在柯斯塔瓜纳这个虚构的国家里,频繁的政变固然有多方面的原因,但希望从桑·托梅矿获取最大利益是层出不穷的政治纷争后面的一个经济因素。而美国财阀是桑·托梅矿的实际操纵者,国外资本势力向柯斯塔瓜纳这个前殖民地的投资和桑·托梅矿兴衰息息相关。政局混乱引发社会动荡不安,生灵涂炭,民心涣散,这是物质利益间接引发的社会危机。

在这部小说里,康拉德淋漓尽致地揭示了物质利益的贪欲如何成为社会灾难的根源。在他看来,人对物质利益的贪欲既是本性,也是一切罪恶的根源。但从小说的整体来看,康拉德绝无抑制甚或根除人对物质利益的贪欲之意,因为那是反人性的,而且它对社会的进步与繁荣不利。将人对物质利益的贪欲置于理性的约束之下,包括社会机制的约束、道德原则的约束,使人们对物质利益的追求走上正确的道路,这恐怕才是这部小说道德关怀的应有之义。

第三节　自我中心主义是人生的祸根

康拉德宣称,在一个冷漠的世界中团体提供力量,保护确定性,而且最重要的是为人们的生活提供意义。[1]

----

① J. G. Peters: *Conrad and Impressionism*, Cambridge University Press, 2001, p.151.

康拉德如此推崇团体和团队精神,可能和他长期从事航海的经历有关。他深知,对海员来说,团体和团队精神对他们安全和航行的顺利是多么重要。在海船上谁也无法单凭个人的力量和智慧战胜狂风恶浪,确保人和船的安全。所以毫不奇怪,在康拉德的作品中,团队精神是他所建构的道德理想的一个要素。和团队精神相对立的是反叛团体的自我中心主义、个人主义,这种与团体分离对立,只考虑个人的愿望要求和利益的自我中心主义,是损人利己的,有时甚至是既损人又害己的。所以揭示自我中心主义对个人与社会的危害成为康拉德小说一个重要的道德主题。《海隅逐客》(1896)、《"水仙号"上的黑水手》(1897)和《阴影线》(1917)便不同程度地表现了这个主题。

康拉德最早揭示自我中心主义的丑恶和危害性的小说是《海隅逐客》。小说的背景是马来群岛。小说主人公是白人青年彼得·威廉斯,此人一无所能,却一肚子坏水。他得到英国航海家(号称海大王)林格的同情和眷顾。林格收他为徒弟,后来又介绍他到胡迪的公司工作;胡迪帮他成了家,在他结婚时还送给他一套住房作为结婚礼物。在威廉斯生活没着落的日子里,林格曾责成义子(也是女婿)奥尔迈耶收留他。可以说林格对威廉斯恩重如山,胡迪、奥尔迈耶看在林格的面上都曾施恩于他,但是彼得·威廉斯不仅不知恩图报,反而以怨报德。他对胡迪促成的婚姻不满意,对混血妻子乔安娜没感情,常常抱怨家庭成为他的负担,不仅要养活老婆孩子,还要养活老婆的亲戚。妻子在气愤之下把威廉斯赶出家门。威廉斯在经济拮据时挪用公司的公款,东窗事发后被公司开除,于是他成了既无家可归又无职业的流浪汉。

林格得知威廉斯的狼狈处境,不仅没责备他,反而让他成为奥尔迈耶家的食客。可是他对奥尔迈耶不仅毫无感激之情,反而因为奥尔迈耶没借钱给他做生意,对奥尔迈耶怀恨在心,伺机报复。更恶毒的是,他把矛头指向他的恩主——"闪光号"船长林格。原本林格和土著有些矛盾,他在生意上之所以能占上风,靠的是一条秘密航道,而威廉斯为了从土著商人那里取得一些好处,竟把这个秘密告诉他们,结果对林格造成极大的打击。林格得知这一消息后,简直气炸了。人们猜想必有一场血腥的报复,可是海大王很有气度,他不杀威廉斯,而把威廉斯及其情人艾伊莎软禁在一个荒岛上,让他们过着清苦寂寞的生活。

威廉斯想逃跑,可是无计可施。他天天跑到海边张望是否有过往的船只能搭救他,逃出这个牢笼。威廉斯被软禁的生活折腾得焦躁不安,脾气变得非常暴躁,即使他的情人以似水的柔情安抚他,也无法让他安静下来。

最后的日子终于到来了。林格来到荒岛上,见到威廉斯再也抑制不住心头的怒火,狠揍了他一顿。艾伊莎跪下来央求林格饶恕她所钟爱的男人。

不料威廉斯对林格说:"别相信这个恶毒女人的话,我的一些疯狂行为都是在这个女人鼓动下干的。"他向林格控诉这个女人心灵的恶毒,他说:"整整三天,她一直在求我取你的命,她计划各种伏击办法,这是千真万确的。我可以起誓。"

"你起誓?"林格不屑地咕哝道。威廉斯没在意。

"她是洪水猛兽,"他说下去,"我那时不知道我身上有些东西是她抓得住的,她一个野蛮人,我一个欧洲文明人,而且为人还聪明,她这么一个比一头野兽强不了什么的人,可是在我身上找出些什么?她找出来了,我就此完蛋了。这点我是知道的,她折磨我,我什么事都甘心去做,我抵挡过,可是我是甘心的,这点我也知道……"①

林格不在意他这番自我辩白,宣布威廉斯还有艾伊莎,

---

① (英)康拉德:《海隅逐客》,金圣华译,译林出版社 2000 年版,第 205～206 页。

必须永远被软禁在这个荒岛上,说完就转身,乘船离去了。

林格离开后,乔安娜和艾伊莎先后登场。乔安娜的出现让威廉斯颇感吃惊,她手里抱着他们的儿子表示她已悔悟,要求威廉斯回家去。威廉斯却不为她的善心所动,反而劝她赶快离开。可是不等她离开,艾伊莎已来到他们身边,发现威廉斯是个有妇之夫,大为恼火,她朝乔安娜脸上掴了一耳光,乔安娜不敢恋战,悻悻然离去。乔安娜一离开,艾伊莎便举枪射杀了威廉斯。

故事的结局是多年以后由奥尔迈耶叙述的。他来到荒岛上,发现艾伊莎守着威廉斯的尸体不离开,他费了好大劲才把威廉斯的尸体抬上船。在航行的六个小时中,艾伊莎一直把威廉斯的头搁在她腿上,低头向他低声泣诉。林格给了她一套房子,就在奥尔迈耶的院子里。她时常四处乱跑,最常去的是小河边的青草地,那里是当年她和威廉斯经常幽会之处。她终于为小尼娜所驯服,成了奥尔迈耶家的女佣,而奥尔迈耶把威廉斯的尸体埋葬在河对岸的山上。

这篇小说的故事富于戏剧性,叙述手法打破了时间的自然顺序。威廉斯的自私自利秉性得到凸显,他的结局也是合乎逻辑的。但是令人不解的是,威廉斯何以显得这么卑劣,他对阿拉伯女郎艾伊莎的无端指责,对她爱情的背叛,也许可以从他秉持的所谓欧洲白人血统优越论得到解释,但是林格对他恩重如山,奥尔迈耶也有恩于他,他为何对他们恩将仇报?除了人类劣根性的大暴露之外,还能说明什么?但即使是人类劣根性的暴露,也是有个人或社会的因素的,小说却并没表现或加以暗示,这应该说是这篇小说的不足之处。

和《海隅逐客》的主人公彼得·威廉斯相似的人物,是康拉德后期作品《阴影线》中的那个老船长,不过他比威廉斯更疯狂,更不可理喻。这篇小说比《海隅逐客》有更鲜明的主题,它凸显了新船长约翰·聂文的团体精神和前任船长极端个人主义的对立。相比之下《阴影线》比《海隅逐客》更富于道德意义,因为前者不只是揭示自我中心主义作为卑劣人性的消极性,而且还昭示了作为对立面的团队精神的积极意义。康拉德在其早期的航海小说《"水仙号"上的黑水手》中表现了和《阴影线》相似的道德主题——自我中心主义与团体精神的对立。

康拉德在《"水仙号"上的黑水手》的序言中谈及:"惠特在小说中什么也不是,他只是集体心理的中心、小说情节的枢纽。"这句话包含了深刻的潜台词,惠特之所以在小说中具有如此重要的意义,就在于他的行为对水手造成严重的威胁。不过他和唐庚造成的威胁表现略有不同,前者是显著的,后者是隐蔽的,前者是直接的,后者是间接的。唐庚公开煽动水手和"水仙号"船长对立,他声称水手们的生活条件那么恶劣,工资那么低,却要承受艰苦的工作,简直是在为头头们卖命;他鼓动水手要为争取自己的合法权益而斗争,他自己就公开要求更优厚的工资。可是他在干活时经常消极怠工,而且他和黑人水手吉姆斯·惠特沆瀣一气,互相利用,他们的行为对船上的水手产生恶劣的影响。

特别是惠特,他装病博取水手们的同情心。在骗取他们同情心的基础上,进一步控制他们的心灵,让他们明白,日后他们也可能落到这同一命运。所以,为患病的同类服务是应该的。这样,一些善良幼稚的水手就成了他的精神俘虏,对惠特百依百顺、有求必应,可见惠特的确已成为集体心理的中心。惠特的这个作用恰恰是对团队精神的腐蚀。

如果说惠特的自我中心主义,是以狡诈的方式表现出来的话,那么唐庚的自我中心主义则显得更露骨更胆大妄为。这种表现自我诉求无所顾忌的方式,恐怕和他在城市贫民窟的经历有关。他的行为明显带有城市小混混的习气,他干活偷懒,面临危险场面时,总是躲在后面;他善于妖言惑众,竟在水手们和狂风恶浪搏斗时,煽动他们闹事,并向船长阿里斯笃投掷铁器。幸好船长心明眼快躲过一劫,并当众揪出唐庚,训斥了他一通,让这家伙不得不忍气吞声,悻悻然离去。

　　康拉德之所以在多个作品中从不同角度提出自我中心主义的危害性，表明他已感到利己主义、个人主义已成为现代社会的一个"恶疾"。诚然，个人主义不是现代才出现的，早在资本主义兴起时期，作为新兴资产阶级反封建反教会思想利器的人文主义，便提出个性解放的主张，把个性自由、自我权益看作人性的正当要求。这种以自我为核心的个人主义，对基督教宣扬的人要绝对服从上帝意志的蒙昧主义和封建主义强调的等级隶属关系，无疑是强有力的冲击。它打破了宗教和世俗封建统治对人的束缚，解放了人的创造力，推动了生产力的发展和社会的进步。可是几百年来，个人主义随着资本主义的发展发生了恶性膨胀，它从反封建反教会的思想利器转化为阻碍社会进步，导致社会动荡、人性撕裂的万恶之源。有鉴于此，康拉德把揭示自我中心主义对团体的威胁、对社会的危害看作表现道德风气真相的重要任务，让人们警觉起来，看到自我中心主义的危害，这就是这些作品的道德意义之所在。

第四节　道德虚无主义酿成人类悲剧

　　《间谍》这部小说有两条故事线索，一条是一群无政府主义分子的秘密活动和格林威治天文台爆炸案,另一条是维尔洛克和温妮的家庭生活。这两条故事线索既是平行的,又是交叉的、互相渗透的。说它们是平行的,因为一个是政治活动、政治事件,另一个是人类的家庭生活,二者风马牛不相及。二者之所以互相交叉、互相渗透,是因为维尔洛克是欧洲大陆无政府主义组织派来与英国无政府主义分子联络的重要人物,他家就是这群无政府主义分子聚会的场所。他还是格林威治天文台爆炸案的实施者。

维尔洛克是个双料特务,他既被俄国使馆雇为密探,又被伦敦警署的希特探长雇为线人。维尔洛克依靠做密探的可观收入赡养岳母、妻子和她的智障弟弟。维尔洛克接受俄国使馆秘符拉狄米尔的指示,制造了耸人听闻的格林威治天文台爆炸案。他的妻弟斯迪威作为作案者被炸得粉身碎骨,而格林威治天文台却安然无事,这样原本独立的两条故事线索便紧紧地扭结在一起了。那么这两条故事线索哪一个是主要的呢?表面看起来政治事件线索占了主要地位,其实不然,小说"真正的中心不是关于炸弹的情节或无政府主义者的阴谋,而是人类日常生活的悲剧。温妮的母亲乘车前往慈善机构的家这一情节做了象征性的暗示"①,显然批评家卡尔这一论断是站得住脚的。

其实故事本身已暗示小说中心的置换,小说开始时讲的是无政府主义者的故事,但后来温妮的形象得到凸显,而关于无政府主义者的主题却退隐背景中。康拉德一再提醒人们,不应该认为他在《间谍》中对无政府主义提出严肃的批评,他宣称:"在这样的故事中,人们很可能误解,你终究不必太认真看待它,整个事情是表面性的,它不过是个故事,我没有从政治上去考量无政府主义的想法,或者从哲学方面去看待它。"②在康拉德看来,政治问题的实质是道德问题,他声称既不从政治上去考量无政府主义,又不从哲学方面去看待它,言下之意就是要探寻无政府主义活动的道德意义。他的意图已从故事的发展中显示出来。小说并未凸显无政府主义与伦敦警署的关系,若从政治上考量的话,二者的对立关系本应成为小说情节的中心。可是事实上警署官员在格林威治天文台爆炸案发生之后才出现,他们的任务主要是追查案犯,将其绳之以法。

---

① F. R. Karl: *A Reader's Guide to Joseph Conrad*, Noonday Press, 1960, p.85.

② G. Jean-Aubry: *Joseph Conrad: Life and Letters* Ⅱ, Doubleday, Page & Co., 1927. p.37.

　　既然小说的中心从政治方面转向伦理方面，那么，我们就有必要了解维尔洛克家庭成员的道德面貌。这个家庭的中心人物是智障小孩斯迪威。虽然他对世事懵懂无知，但心地非常单纯善良。当他和姐姐温妮送母亲前往济贫院时，有残疾的马车夫为了使车跑得快些，鞭打拉车的老马。斯迪威看了非常心痛，哀求车夫别这样，为了减轻车上的重量，他坚持下车步行。一个智障孩子竟表现出无与伦比的仁爱之心。和斯迪威的仁爱精神相映成趣的是母亲和姐姐对他的关爱。他母亲为了减轻家里的经济负担，让儿子过安稳的生活，甘愿到济贫院度过寂寞的余生；而姐姐从小就非常爱他，后来甚至为了他放弃了所爱的初恋情人，嫁给了能为他们的家庭提供生活保障的房客维尔洛克。呵护斯迪威成为温妮的生活目的。温妮和母亲一样，为了斯迪威心甘情愿做出自我牺牲，她对斯迪威无私的爱，正如斯迪威对拉车老马的怜悯同情一样，体现出感人的仁爱精神。

　　与这种仁爱主义相反，维尔洛克奉行的却是道德虚无主义。在他眼里，斯迪威不过是妻子养的一个"宠物"，平日里他对这个"宠物"的友善，不过是要让妻子高兴罢了。他接受了俄国使馆给他下达的任务以后，就一心要让这个"宠物"充当他完成这一任务的工具。为此，他对斯迪威显得比平日更热情，经常携他出外散步，以让他有一个更安静的生活环境为由,带他住在郊区一个同伙家里。他本以为让一个孩子去实施破坏计划,较不引人注目,不料斯迪威在路上被树根绊了一跤,导致携带的爆炸装置爆炸,他被炸得粉身碎骨,于是一连串的悲剧由此发生。待温妮明白了事情真相后,出于极度的义愤、悲痛,刺杀了维尔洛克。她为逃避法律的惩罚,恳求维尔洛克的同伙奥西朋帮她出逃。这个毫无人性的家伙在得了她的钱之后,却把她甩开,使之身无分文,陷入绝境,对人性感到绝望的温妮终于跳海自杀。

这部小说通过两条故事线索的交叉,两组人物的纠结凸显了两种道德观的对立,既弘扬了仁爱精神,又对道德虚无主义进行了深刻的讽刺,这是《间谍》在思想艺术上不同凡响之处。

第五节　东西方文明交汇中的道德较量

道德永远是人类精神文明的重要内涵。不同民族、种族的道德既有相通之处,又有各自的特点。在十九世纪末至二十世纪初西方势力开始东侵时,随着军事、政治的冲突,文明博弈中道德的较量成为一个显著的特点。康拉德小说对此作了深刻反映,其内涵启人心智、发人深省。现以《黑暗的心》揭示的道德风气真相来作详细说明。

十九世纪末二十世纪初,正是西方殖民主义大发展时期。西方殖民主义者打着传播文明的幌子,对东方民族,特别是非洲大陆的黑人,进行疯狂的掠夺与奴役。1890 年,康拉德在挚友玛格丽特帮助下,和比利时在刚果的开发公司签订了一份口头的工作协议,担任公司所属的一艘航行于内河的汽船船长。原先他和公司签订了三年合同,但因身体难以支撑,他只干了七个月,便和公司解除了协议,《黑暗的心》便是根据他在刚果工作期间所见、所闻、所感而写的一篇内容深刻、富于艺术特色的小说。这篇小说深刻揭露了西方殖民主义者道德的堕落。

一、殖民主义者以文明的幌子犯下滔天罪行

在人类文明发展史上,东西方民族文化的交流,为人类文明的丰富发展起到重大作用。进入近代以后,资本主义在西方的兴起、发展,推动了西方物质文明的兴盛、发达,而东方民族大多还停留在比较落后的状态。到了十九世纪,西方资本主义因自身发展的需要,大肆向东方进行殖民扩张,客观上推动了东西方文明交流融汇的进程。但是,西方殖民主义者的扩张带有明显的侵略性和

道德上的虚伪性,它打着传播西方文明,帮助东方落后民族发展、进步的幌子,在军事上对东方民族实行武装侵略,经济上进行疯狂的掠夺,政治上实行残酷的统治,文化上则竭力推行西方的价值观、道德观,对东方民族进行奴化教育。所以十九世纪末二十世纪初,东西方文明的交汇,带有明显的恃强凌弱的不平等性质。《黑暗的心》的主人公马洛刚到非洲时发现一艘法国炮艇正在向岸上丛林地带开炮,据说在那里隐藏着他们的敌人,马洛任务在身,无暇深入了解情况。他此行的任务是要把刚果河上游内陆贸易站里患病的经理库尔兹接出去。行程中,看到的、听到的情况都让他感到惊心动魄。据说库尔兹在内陆盛产象牙的森林深处,之所以能获取大量象牙,是因为他心狠手辣。当他用文明的手段捞不到象牙时,便使用武力强制获取。在内陆深处的土著居民看见这个白人手持枪械,像天神般向他们开火,吓破了胆,只得乖乖地交出象牙。库尔兹还从一个土著酋长那里学到制服"刁民"的毒辣手段:把敢于向他反抗的人杀死后取下头颅,安插在门前的柱子上。马洛刚到贸易站时,看见库尔兹住房门前一排柱子上已经干枯的人头惊恐万分,他由此明白了一个铁的事实:西方殖民主义者所谓传播文明是虚伪的、野蛮的,带着血腥味的。

二、非洲黑人受奴役的悲惨状况令人震惊

西方殖民主义者为了使殖民地人民屈服就范,伴随军事侵略而来的是文化侵略,其核心内容是白人种族优越论,即把非洲黑人视为劣等民族,未开化的野蛮民族。他们宣扬非洲民族接受西方白人的殖民统治,是从野蛮走向文明的必由之路。种族优越论为西方殖民主义者对非洲土著民族的政治统治、文化渗透提供了理论依据,它使白人殖民者对非洲黑人有生杀予夺之权。马洛在旅途中看到,用绳子绑在柱子上的黑人骷髅,额头上还留下弹孔。他还看到,为了一件不足道的小事,一个白人狠狠地鞭打一个黑奴;一个黑人少年头上中了枪弹,但没击中要害,他只到医疗站涂了点药水,包扎一下就离开了。他看到,黑人在开山炸石,原是要铺设铁轨,但零星的几条铁轨和车厢散落在荒野里,锈迹斑斑,即使是白人殖民者掠夺本地资源所需的基础设施建设,也旷日持久地拖延着。可见殖民主义者在非洲所谓经济开发的成效之低!而为了这可怜的工程,许多黑人在承受沉重的苦役,马洛看到一行黑人被铁链拴着,头顶土筐,艰难地往坡上攀爬;而在树林里奄奄一息的黑人七零八落地躺在树荫里,等待着死亡的到来。这一幕幕凄惨的景象使马洛进一步了解非洲黑人的悲惨处境;呈现在他眼前的这一幕幕惨剧显

然只是冰山一角,但足以使他看穿殖民主义者关于殖民事业一套冠冕堂皇的虚伪宣传。马洛心生疑惑:殖民主义者何以变得这样没有人性呢? 他要去会见的库尔兹,据说在音乐方面颇有建树,在正常情况下可能获得更大的成就,但他偏偏投入殖民主义的阵营中去。库尔兹受国际禁止野蛮习俗协会的委托写了洋洋洒洒十七页的调查报告,报告的最后一页下端加上一句话:"消灭所有这些畜牲!"他之所以变得这样凶残,也许是受到白人种族优越论的毒害,他认为自己是文明的白种人,而把非洲黑人视为未开化的野蛮人。在他看来,传播西方文明就是征服统治这些野蛮人。

三、对物质利益的贪婪导致殖民者道德的堕落

西方殖民者对非洲的侵略与渗透,最终目的是经济利益——对非洲资源的掠夺。而在刚果,最宝贵的资源是象牙,因此,贸易站经理为了获取尽可能多的象牙而费尽心机。由于库尔兹的贸易站位于刚果河上游盛产象牙的森林地带,他每年上缴给开发公司的象牙比所有贸易站上交的加起来还要多,因此深得上司的赏识和赞扬。人们认为库尔兹前途无量,不过这也引起总经理和其他贸易站负责人对他的嫉妒和非议。他们认为库尔兹采用过激的手段获取象牙,会引起土著居民的不满和反抗,破

坏开发公司与土著民族之间的关系,不利于当地贸易和
殖民事业的开展。所以当马洛受命要把患病的库尔兹接
出来时,总经理暗中指示下属把马洛的汽船凿沉,以此阻
挠他执行任务。对物质利益的追逐,不仅引发贸易站内
部的矛盾和纷争,而且促使库尔兹日益走向沉沦。库尔
兹认为,荣誉地位标志自我价值的实现;而为了更大程度
地实现自我价值,就需要和传统势力决裂,尽情享受上天
赐予的一切。由于他处在边远地区,开发公司的纪律、法
规对他鞭长莫及,而且他与社会舆论隔绝,一切由他自己
做主。库尔兹觉得,除了使用武力以外,若要驾驭土著民
族,就必须接受他们的信仰,成为他们中的一员,这样才
能真正成为他们膜拜的神。于是,他找了个美丽、壮硕的
土著女郎做情妇,他还在一个晚上参与了土著庄严神秘
的仪式,正式成为他们中的一员,接受他们的顶礼膜拜。
至此,库尔兹完全背叛西方文明,成为土著民族文化思想
的俘虏。这是他始料未及的。这时的库尔兹已心力交
瘁,重病在身。听说有艘汽船开来,要接他出去,他坚决
反对,指使下属躲在岸上树丛里,向汽船射箭、投掷标枪。
这就是马洛靠近库尔兹的贸易站时的遭遇。但汽船上的
人向岸上放了几枪,就把那些人吓跑了。马洛的汽船抵
达贸易站后,几个土著男人把库尔兹抬上马洛的汽船,库
尔兹在弥留之际发出微弱的呼叫:"可怕呀,可怕!"对于

这句梦呓似的呼喊,研究者做出种种猜测,有人认为,这是库尔兹悔悟的心声,这为库尔兹悲剧性的人生画上一个圆满的句号。英国著名批评家伊恩·瓦特却断然否认这个观点,认为"库尔兹短暂的、关于可怕的表述不足以使他成为悲剧形象","因为库尔兹没认识到他的所作所为是犯罪,并且进一步承认赎罪是一桩具有德行的事,从而理解生活的意义"。①

四、对原始民族精神世界的感悟

旅行过程中,马洛不仅对西方殖民者的败行恶德和黑人受奴役的状况有了深切的感受,而且从种种迹象领悟了黑人的精神世界和内心诉求,感受到东西方文明交汇、碰撞中道德较量的隐蔽意涵。

其一,土著民族的道德和气节。斯宾塞和沃尔勒斯的著作为康拉德了解原始民族的精神面貌提供了理论依据。

斯宾塞在《心理学原理》一书中用两个标准来衡量原始民族和现代民族。他的第一个标准是智力发展程度(理智和情感),可以用距离原始的反应行为的程度来衡量。在斯宾塞看来,更高的智力功能源于单纯的反应行

---

① I. Watt: *Conrad in the Nineteenth Century*, University of California Press, 1979, p.237.

动的复合,它反过来以神经中枢的进化为依据。第二个衡量标准是想象力发展的程度。原始民族的心智受立刻呈现于感官的事物的影响,而现代民族的心灵借助抽象的意象进行思索和感受。

沃尔勒斯则高度赞扬原始民族社会的完美。他对原始民族的这个看法主要受在马来人中生活的经历启发。他的《马来群岛》一书特别赞扬马来人的社会:"现在我们在智力上的成就比原始民族国家进步许多,但我们在道德上却没有取得同样的进步……我们人口中的广大民众根本还没超越原始民族的道德法则,而且在许多情况下还处在道德法则之下。不健全的道德是现代文明的一大污点,是真正的进步的障碍。"[①]沃尔勒斯对原始民族道德状况的这一看法,和他对道德在社会进步中的意义所持的观点,对康拉德产生了塑形性的影响。可以说,沃尔勒斯所秉持的道德在社会进步中的意义这个观点成为康拉德伦理批评的重要理论依据,贯穿于整个创作中。

沃尔勒斯对原始民族道德状况的见解,从《黑暗的心》中的场景描写可以得到印证。马洛的汽船上雇用了十余个黑人的"食人族"工人,他们携带的食品有两种:一

---

① A. R. Wallace: *The Malay Archipelago*, Macmillan Publishers, 1869, pp.595-596.

种是已腐烂的河马肉,不能再食用了,他们不得不把它丢弃,而用另一种食品——半生不熟的淀粉制品充饥。当时船上的白人只有几个,而他们的人数是白人人数的几倍。照理说,他们若起了歹念头,把这些白人宰了美餐一顿是不成问题的。可是他们没有这么干,而是强忍着饥饿,坚持工作。马洛看到这情景,深受感动。从这些"食人族"工人显示的"野蛮的气节"看来,人性中的确存在"神性"的一面。我们不知道"食人族"宰杀食用同类这种动物本能是怎么传承的,但他们在关键时刻能抑制这种野性,他们表现出来的光彩照人的气节,使那些殖民者的败行恶德显得更加丑恶。

其二,鼓声传递的内心呼唤。《黑暗的心》写到荒野中不时传来的鼓声使马洛觉得神秘莫测,它似乎蕴含着丰富的难以猜透的内涵。"夜间有时候在树木的帷幕之后,滚滚传来的鼓声会沿河而上,隐隐的驻留不散,反复在我们的头顶上空盘旋,直到白日的曙光初露。这鼓声意味着战争呢,和平呢或者祈祷呢,我们说不清……我们好像漫游在一片史前时期的大地上,在一片外貌好似未知星球的土地上。"[①]

---

① (英)康拉德:《黑暗的心》,智量译,赵启光编选:《康拉德小说选》,上海译文出版社 1985 年版,第 532 页。

　　的确,这种神秘的鼓声让人猜不透。不管怎样,它总是传递了土著居民的诉求,不必说这些生活在原始状态的黑人在平日的生活和斗争中有欢乐,有痛苦,有磨难,也有期望,而在西方殖民者侵入他们的生活之后,更给他们带来数不清的苦难和冤屈。虽然他们义愤填膺,但无处诉说,无法以武力进行抵抗,只能以鼓声传递内心的呼唤。也许我们还可以猜想,这鼓声就是战斗的动员令。土著中的激进分子对白人殖民者的非人道行径深为愤怒,他们便以鼓声激励同胞奋起抗争。这不是不可能的。总之,鼓声表明,受奴役的原始民族绝非沉默的羔羊。

　　其三,原始舞蹈彰显了人类本真的精神状态。除了荒野里传来的神秘的鼓声之外,对心灵最具冲击力的是土著居民狂野怪异的舞蹈。马洛说:

　　　　这土地似乎不是人间的土地,我们看惯了被人制服的怪物戴着镣铐的形象,但是在那边——在那边你们看见的,却是一个自由自在的怪物,它不属于人间,而这些人——不,他们并非不属于人类。啊,你们知道事情最糟糕的地方,也正在于此——怀疑他们并非不属于人类。你会慢慢地产生这种想法。他们嚎叫、跳跃、旋转,装出各种各样吓人的鬼脸,然而会使你不寒而栗，毛骨悚然的，恰恰是你认为他们是人——像你一样是人——认为如此野蛮而狂热地吼叫着的他们正是你的远缘亲属的想法。丑陋啊，对，是够丑陋的；可是，假如你还够得上是一个人，你会对你自己承认说，在你的内心深处有着一丝丝和那种喧嚣声中所包含的可怕坦白相共鸣的东西，你会隐隐地猜疑，那里面有着某种含义，它是你——跟原始世界的暗夜相距如此遥远的你——所能够理解的。①

马洛从土著居民那种最原始的、本真的、豪放的、狂野的精神状态隐隐地感到自己心灵和他们的是相通的。旅途中，越发感到那些手执长棍四处游荡的"朝圣者"和贸易站的管理人员恰恰丧失了人类的本真状态，变得虚伪，心灵空虚，矫揉造作。

其四，荒野的象征意蕴和魅力。非洲腹地无边无际的荒野神秘莫测而又动人心魄，事实上，小说通过马洛的见闻和感受凸显荒野的意象，赋予它丰富的象征意涵和强大的精神魅力。

---

① （英）康拉德：《黑暗的心》，智量译，赵启光编选：《康拉德小说选》，上海译文出版社 1985 年版，第 353～354 页。

细细揣摩荒野的象征意蕴,大概包含如下几方面:

首先它象征原始民族粗犷的、原始的、神秘的精神风貌。马洛感受到居住在这片神奇的土地上的居民和他们生活的这个世界非常契合,与其说土著居民赋予荒野独特的品性,不如说荒野以其固有的本色,体现土著民族粗犷的、原始的、神秘的精神风貌。

其次,荒野蕴含的旺盛的生命力,体现了土著居民坚韧不拔的品质。荒野中蕴含的旺盛生命力是培养坚韧不拔品格的精神沃土,他们以充满活力的精神气质保持着本真的生命状态,抵御强暴异质文明的凌虐。马洛听到的神秘的鼓声,看到的豪放、狂野的舞蹈,和荒野融为一体,揭示土著居民本真的生命状态和坚韧不拔的精神品格。

再次,荒野在总体上象征与西方现代文明对立的原始文明的精神元素。荒野和生于兹,长于兹,生生不息的土著民族融为一体,它体现土著民族的生命状态和精神品格。荒野在总体上象征与西方现代文明对立的原始文明的精神元素,因此土著民族和西方殖民者的对立,在精神领域里便表现为荒野与西方文明的对立。

具有讽刺意味的是,西方的物质文明(其标志是物质文明的利器——枪炮)无法征服土著民族,倒是西方殖民主义的代表人物为无限膨胀的物质欲望(对象牙的猎取)

所拖累,走向堕落沉沦。与此相应的是,被西方殖民者视为充满野蛮气息的荒野在与西方文明对立博弈中却占了上风,其标志便是作为殖民势力象征的库尔兹走向堕落、沉沦,陷入荒野的黑暗中而不能自拔。这是这部具有浓厚的政治意味的小说彰显的道德意义。

荒野隐藏的复杂而丰富的意涵吸引着、震撼着、激励着旅行中的马洛,使他觉得来到了一个带有原始风味的星球上;生活在这片神奇土地上的土著居民受到荒野原始风味的浸润,所以才保持着生命的本真状态,才这么富于生命的活力,即使他们在蒙受非人性凌虐时,还以鼓声、舞蹈传递他们顽强的生命力。马洛深深感到要洞察土著居民的奥秘,就必须参透荒野的神秘和魅力。

第六节　揭示政治题材的道德内涵

《在西方目光下》(1911)是康拉德创作中极为独特的作品。简单说来其独特性表现在以下三个方面:首先,它是康拉德创作中具有经典性的作品。关于这部小说的艺术成就、价值和地位,英国著名批评家利维斯有切中肯綮的评论,"《在西方目光下》虽然比《间谍》逊色",但它"还是最杰出的作品","因而一定要算在可以稳定确立康拉德作为英国大师之一的那些作品中"①。利维斯的看法可以说是对康拉德这部作品的定评。其次,《在西方目光下》是康拉德创作中绝无仅有的涉及俄国专制独裁政治的作品。这个题材触及康拉德终身不愈的心病——俄国专制独裁统治,制造了波兰民族的灾难和康拉德黑暗的童年。康拉德通过对这个题材的艺术处理,宣泄了他童年的精神创伤。但是,康拉德并不停留在这个题材的政治性上,而是巧妙地挖掘这个政治题材的道德意涵。在艺术上,它从政治视角转向道德视角,揭示政治题材的道德意义。再次,小说的标题"在西方目光下"已暗示贯穿于小说中的政治视角和道德视角都受西方社会文化观和人文意识的制约;这种制约是通过小说的叙述者,时隐时现的那个年老的英国语言教师,显示出来的。至于老语言教师的观点是否代表康拉德本人,恐怕难以简单而笼统地判断。不过在某些方面,例如对俄国专制独裁政体的看法,对西方民主制的看法,对拉祖莫夫和霍尔丁行为的评价,老语言教师的观点在一定程度上传递了康拉德本人的心声。不管怎样,当我们考察这部作品的伦理批评时,不能忽视小说叙述者,老语言教师这一角色显示的这部小说在伦理批评方面的独特之处。

---

① （英)利维斯:《伟大的传统》,袁伟译,三联书店 2002 年版,第 367 页。

一、对沙俄专制独裁统治的揭露批判

作为政治小说，《在西方目光下》通过主人公霍尔丁和拉祖莫夫与专制独裁政治的关系，对政府中与中心事件有关的几个官僚政客进行了辛辣的讽刺和无情的鞭挞，主要揭示他们灵魂的丑恶；通过刻画几个俄国独裁政治官员的形象，深刻揭露俄国专制政府扼杀思想言论自由，对俄国人民实行残酷、血腥统治的状况。作者通过对俄国政坛几位高官简洁、入木三分的刻画，凸显了俄国专制统治的恐怖。被霍尔丁刺杀的 P 先生是前任"臭名昭著的镇压委员会主席"，是手握大权的国务大臣。小说描写他一张脸像烤焦的羊皮纸，戴着一副眼镜，目光呆滞，皮包骨的颈前挂着圣普罗匹厄斯会的十字架。有段时期，他的肖像几乎每月都会出现在欧洲某家图片报上；他为国效力的方式是囚禁、流放、绞杀；他做这些事时，无论男女老少，一视同仁，不遗余力，不知疲倦。他迷信、膜拜专制原则，一心一意要把公共机构中任何与自由沾边的东西斩尽杀绝，对正在成长起来的年轻一代进行无情镇压，不由使人觉得他志在毁灭自由本身的希望。他宣称："自由的念头从未存在于造物主的敕令中。人民的意见无非就是造反和动乱；而上帝制造的世界讲究稳定服从，造反和动乱都是罪过。上帝的神圣旨意表达的不是理性,而是权威。上帝就是宇宙的独裁者……"①抓获霍尔丁,为 P 先生复仇的 T 将军,对待革命者更是"手段残忍""面目狰狞"。他将抓获、审视、拷打霍尔丁视为赏心悦事,他说:"我们想要鸟儿活着,如果在处置他之前不能让他唱唱歌那就太糟了。"

最能体现沙皇政府残暴的要数尼基塔,绰号"内卡塔"(拉丁文,意为"杀手")的家伙。他表面上为革命派效力,其实他和拉祖莫夫一样,是双重间谍。与拉祖莫夫不同的是,他喜欢自己的这份工作,在政府和革命派两个阵营里大肆杀戮。在小说中,另一位谜一般的沙俄政府官僚格列高里·米库林参谋,是拉祖莫夫和尼基塔这两位双重间谍的顶头上司。他的表现具有欺骗性,他以温和的态度,貌似开明的倾向来迷惑对方,笼络对方、让对方落入政治圈套。

他对待拉祖莫夫的态度就表明了这点。米库林对拉祖莫夫貌似同情友善,说话有理有据,冷静客观,像个慈父。当举目无亲的拉祖莫夫六神无主时,米库林像父亲一样出现在他面前。但他的仁慈不过是伪装,他根本不关心拉祖莫夫的死活,他的所作所为不过是为了让拉祖

---

① （英）康拉德:《在西方目光下》,赵挺译,上海译文出版社2014 年版,第 5～6 页。

　　莫夫成为他得心应手的政治工具。我们在米库林身上看到拉祖莫夫的影子,假如维克多·霍尔丁未闯入拉祖莫夫的生活,拉祖莫夫毕业后若在政府机构中任职的话,很有可能成为米库林那样的角色。

　　小说自始至终把批判锋芒指向沙皇俄国。一开始,康拉德就指出,霍尔丁刺杀 P 先生是再自然不过的事,因为"人性中最高贵的抱负,对自由的渴望、赤诚的爱国心、热爱正义、悲悯的情怀,甚至淳朴的思维表现出来的忠实顺从统统被仇恨和恐惧所蹂躏,而仇恨和恐惧恰恰与专制压迫形影不离"。① 在这种形势下,霍尔丁就表现为满怀理想、朝气蓬勃的年轻革命者;他从理想主义者到政治刺客,再到带有宗教殉道色彩的政治烈士的转变,揭示出沙俄统治的暴戾恣睢。

　　在小说临近结尾处,老语言教师以西方人的目光评判霍尔丁一家和俄国人的苦难。他说:"我现在不想奢谈自由,因为哪怕一点较为开明自由的观点,对于我们不过是讲几句话,表表雄心,或为选举投票……"但对于俄国人来说,"却是对毅力的严峻考验,关系到泪水、悲痛和鲜血。霍尔丁夫人已感受过她这代人的创伤。她有个兄弟

---

　　① (英)康拉德:《在西方目光下》,赵挺译,上海译文出版社2014年版,第5～6页。

是个狂热分子——就是被沙皇尼古拉斯枪毙的那个军官……这次轮到自己的孩子,霍尔丁夫人再受重创,旧伤未愈,又添新痛,余生注定要受痛苦的煎熬"。她的女儿娜塔莉娅·霍尔丁:"她的青春在非欧洲式专制主义的笼罩下,被粗暴地剥夺了本应享有的轻松和欢乐;她的青春在同样残忍的两派激烈的争斗中危机四伏,阴沉晦暗。"①

二、从政治批评转向伦理批评

这部小说的开头部分揭露沙俄政府官僚政客的残暴面目,固然包含伦理批评的因素,但主要着眼于政治——揭示沙俄政府扼杀自由、压制民主,与人民大众为敌的反动实质。这部小说的伦理批评主要表现在沙俄专制独裁政治引发愤世嫉俗的道德风气方面。其一是对革命阵营里众生相的描述,其二是对彷徨歧路者拉祖莫夫人生道路的展现。

1.对革命阵营里众生相的描述

在沙俄的专制独裁政府统治下,社会上弥漫着愤世嫉俗的道德风气,革命组织应运而生,其中一些激进分子义愤填膺、铤而走险,对某些罪大恶极、民众痛恨的高官

---

① (英)康拉德:《在西方目光下》,赵挺译,上海译文出版社2014年版,第5页。

政客采取刺杀行动。这种带有无政府主义色彩的冲动行为,虽然宣泄了革命者和民众心头郁结的怨愤,但是它不仅无损于专制统治,而且让革命者付出沉重的代价。小说主人公维克多·霍尔丁就是这样一个悲剧式的人物。

康拉德是不赞成革命的,因为他对革命的效果深表怀疑,认为革命者的理想主义是虚妄的,无助于解决社会的实际问题。在他看来,造成社会灾难的不是政治体制,而是心灵问题,是执政者道德败坏的缘故。所以若不从道德上解决问题,即使政治体制更换了也无济于事。

尽管康拉德不赞成革命,但是他对革命阵营里道德高尚的志士仁人却怀有好感,甚至怀有几分敬意。这部小说的主人公之一维克多·霍尔丁,就是他看重的这样一个悲剧式的英雄。如前所述,霍尔丁被描绘成满怀理想、朝气蓬勃的年轻革命者。他短促的人生,经历了富于特色的转换过程,即从理想主义者发展为政治刺客,最后成为带有宗教殉道色彩的政治烈士,革命者景仰的楷模。

实际上康拉德并不是从政治上去肯定、褒扬霍尔丁的,他所看重的是霍尔丁对事业无限忠诚,面对残暴表现出钢铁般的坚强意志等光辉品格。在他看来,霍尔丁的这些优秀品格体现了人性的高贵,肯定了生活的意义和价值,鼓舞了人们生活的勇气和信心。康拉德对聚集在

日内瓦的俄国流亡革命者却是另一种态度,他们被表现
为愚昧、粗俗、自命不凡。他们对革命的狂热被表现为带
有几分堂吉诃德式的愚顽和痴迷。作者对他们的领导
者,那个自命不凡的彼得·伊凡诺维奇尤其厌恶,对他着
力加以挖苦讽刺。伊凡诺维奇在他的自传里大肆宣扬自
己不平凡的革命经历,把自己吹嘘得神乎其神。实际上
伊凡诺维奇从事革命不是出于公正无私的信念,而是为
了一己私利。由于他得到一个女人的解救挣脱了枷锁,
他便将自己的感激之情上升为政治信条,自封为女权主
义的卫士。他的野心在于扩大影响力,达到主宰支配他
人的目的。他打着女权主义卫士的旗号,肆无忌惮地虐
待秘书兼女佣特克拉,使她的处境与奴隶无异。他自称
对革命忠心耿耿,实际上他是沙俄政府的间谍。人们发
现他在一次旅行中和米库林参谋同住一个车厢里,两人
相谈甚欢。

　　霍尔丁的妹妹娜塔莉娅·霍尔丁是革命阵营里引人
注目的人物,其实她不算是革命者,她为人们所关注,主
要因为她是烈士霍尔丁的妹妹,但她并不赞同她哥哥暴
烈的革命行动。她认为,以仇恨对抗仇恨,不能给社会带
来和平、安宁与正义,只有爱才能消弥仇恨,给社会带来
安宁和幸福。小说结尾,她离开日内瓦,回到俄国,像布
道牧师一样,向苦难民众宣扬爱的哲学。在康拉德看来,

娜塔莉娅对爱的哲学的痴迷,正像她哥哥霍尔丁企图以刺杀独裁高官赢得社会正义一样,幼稚可笑。

2.彷徨歧路者角色的转换

如果说前文所述革命阵营里的众生相,是俄国社会特有的愤世嫉俗道德风气的一种表现,那么拉祖莫夫特立独行的人生则是愤世嫉俗道德风气的另一种表现。

拉祖莫夫是 K 亲王与大祭司女儿的私生子。母亲生下他后就去世了,他在这个世界上唯一的亲人就是 K 亲王,但是 K 亲王不敢公开承认他们的父子关系,只通过律师暗中给予他一定的生活费。所以拉祖莫夫感到举目无亲,他孤零零地生活在这个世界上,就像一个人独自在深海里游泳一样孤独。造化给他安排这样的命运,自然他从小就萌生愤世嫉俗的情感。他决心通过个人奋斗,为自己争得美好前程和社会地位。他是彼得堡大学哲学系的学生,他希望能像师兄一样,凭一篇优秀论文获得教育部的银质奖章,为日后的飞黄腾达打下基础。他正满怀信心地努力工作,不料霍尔丁突然闯入他的生活,打扰了他的人生规划,毁了他的前程。他原本受到自由主义思想影响,既不和专制政治同流合污,也对革命活动不感兴趣。霍尔丁在刺杀 P 先生之后上门来求拉祖莫夫帮助出逃时,虽然拉祖莫夫不很情愿,但还是答应了他的请求;然而那个拉雪橇的农民烂醉如泥,根本无法接受他的委托。拉祖莫夫经受挫折后，猛然惊醒过来：他和霍尔丁是两条道上的人，不仅没有义务帮助他出逃，反而应向当局告发他。他的告密，导致霍尔丁被捕。他本以为，他和霍尔丁从此撇清关系，殊不知警方不放过他，他自知前程已毁，只求苟且偷生，过退隐生活。不料米库林参谋正告他，他已无路可退，他迟早要回到他们那里。果然，不久警方要他充当密探，混进日内瓦的俄国流亡革命者中去，刺探他们的活动情况，定期向警方递交书面报告。说实话，他对自己目前的身份深感屈辱和困惑。

来到日内瓦后，不断有人向拉祖莫夫打听霍尔丁牺牲前后的情况，特别是霍尔丁的亲人，迫切希望从他那里听到自己亲人的真实情况。面对他们的追问，拉祖莫夫总是支支吾吾地应对。人们从善良的愿望出发，以为他心情不佳，不愿谈及战友牺牲的事；或者说，他重任在身，不便多透露更多情况。可是，有一次老语言教师对他的追问简直把他逼到墙角里了。

作为霍尔丁小姐的老师和亲密朋友，英国老语言教师与拉祖莫夫初次见面交谈，就向他提出一连串尖锐的问题。"最近英国报纸登载了一篇由英国记者写的关于霍尔丁午夜在街头被捕的报道，第一次披露了霍尔丁被捕的消息，引起人们的关注和震惊。他对拉祖莫夫说，霍尔丁被捕的前前后后有些蹊跷，无疑拉祖莫夫知道全部真相……"拉祖莫夫一听这话火冒三丈:"你就像从地下冒出来一样在和我交谈。见鬼,你到底是谁……到底想干什么? 你知道什么蹊跷不蹊跷,你干嘛要蹚这浑水,去掺和俄国的事情?"①拉祖莫夫一口咬定"那篇报道或许整个就是谎言"。老语言教师驳斥他:"这名记者干嘛要在这起无关紧要的事件上编造出一个细节齐全的谎言呢?"接着老语言教师郑重地对拉祖莫夫说,作为霍尔丁的朋友,而且是霍尔丁非常器重的朋友,不可能对待霍尔丁的母亲和妹妹形同路人,"我希望你能跟他们讲述真相","他们对你的话和判断深信不疑"。然后语言教师有些不留情面地告诫他:

"我觉得你和霍尔丁午夜被捕有关的情况都应该……"

拉祖莫夫以揶揄的口气打断他的话:"不过是一位记者写的,供文明开化的欧洲人消遣而已。"

"没错……但难道说的不是事实吗? 我不知道你在这件事上是什么态度。他对你来说不是英雄,还会是……"

---

① (英)康拉德:《在西方目光下》,赵挺译,上海译文出版社2014 年版,第 204~205 页。

　　"你在盘问我！……"拉祖莫夫以愤怒、忧伤的口气说自己的遭遇，"我有过很好的前程，这是毫无疑问的。可如今你看我沦落到异国他乡，什么都没有，什么都失去了，什么都牺牲掉了。你在这里见到我——还诘问我！你亲眼见到我了……"

　　"对，我是亲眼见到你了，我想你是因为霍尔丁事件才来这里的吧？"

　　老语言教师的话，似乎揭穿了他心灵的秘密，使他突然"神色大变"。①

　　老语言教师步步为营，一连串的追问，直逼拉祖莫夫心灵的痛处，使他的心灵防线几乎崩溃。老语言教师说的最后几句话简直像是审问，要捅破对方心灵的秘密。拉祖莫夫气急败坏，以愤怒忧伤的语气描述自己可悲的处境，饱含着愤世嫉俗的情绪。

三、命运的裁决

　　拉祖莫夫面临的心理压力和道德上的孤立是常人难以忍受的。他必须解除心理上的巨大压力，摆脱道德上

---

　　① （英）康拉德：《在西方目光下》，赵挺译，上海译文出版社2014 年版，第 210～211 页。

的孤立状态,寻求心灵的慰藉。命运终于对他诡谲的人
生做出裁决。他来到日内瓦后遇到霍尔丁的妹妹娜塔莉
娅。当他第一次与她诚挚的目光对视时,就感觉到她会
成为她哥哥的复仇者,但不是以暴力,而是以无形的精神
的力量。霍尔丁曾对他说,他的妹妹有一颗诚挚的心。
果然拉祖莫夫第一次面对她诚挚的目光时,觉得那目光
能征服顽劣的心灵,使其无隐遁之处。他不知不觉地成
为她心灵的俘虏,深深地爱上她。他预感到这种爱情是
异样的,带有不祥征兆。但是他已被征服,无法回避隐
遁。正是娜塔莉娅的诚挚目光激起他对她非同寻常的
爱,使他第一次感受到,他出卖霍尔丁的行为是多么卑
鄙,他的心灵是何等恶浊。他觉得他既然爱她,就必须向
娜塔莉娅坦白自己的罪行,不管她是否宽恕自己。他从
这种纯洁的爱情中汲取了力量,提振了勇气,向她坦承出
卖霍尔丁的就是他。娜塔莉娅听了他的坦白,震惊得几
乎晕过去,老语言教师则严斥拉祖莫夫的叛变行径,对拉
祖莫夫下逐客令。他离开霍尔丁小姐住处后,直奔俄国
流亡革命者今晚聚会的地方,向聚集在那里的流亡革命
者宣布他就是出卖霍尔丁的凶手。那些革命者念他主动
自首坦白罪行,免予惩罚拉祖莫夫。可是他在离开时,却
遭到尼基塔的袭击,导致两耳失聪。在路上,他又遭电车
碾压,受重伤,幸好得到好心人救助,特别是得到克特拉

无私的照料,终免一死。伤愈后,他在俄国南部一个偏僻的乡村度过余生。他虽然身体致残,却获得道德上的新生。

综上所述,霍尔丁和拉祖莫夫以自己选择的人生道路,作为对俄国专制独裁政治的回应。他们的人生道路虽有不同,但都以悲剧结局。他们殊途同归的命运,暗含对俄国专制独裁统治的控诉和谴责,对愤世嫉俗的道德风气进行了象征性的诠释。

第七节　爱情与婚姻中女权意识的觉醒

批评家们大都认为康拉德关于爱情婚姻的描写是不成功的,这些作品缺乏生活气息,女性形象大都如泥塑木雕,缺少灵气,但不可否认,其中有的作品的女性形象是写得成功的,例如《奥尔迈耶的愚蠢》中的混血女孩尼娜,《机缘》中的女主人公弗罗拉都写得颇为生动,她们不同程度地体现了现代女性女权意识的觉醒。

一、尼娜形象的意义

尼娜是康拉德创作中第一个具有女权意识的女性形象。《奥尔迈耶的愚蠢》中的混血女孩尼娜显得很活泼,甚至有点顽皮。奥尔迈耶视她为掌上明珠，为了让她接受西方文化的熏陶，他和林格费了一番功夫，把她送到新加坡，接受西式教育。不料那里的白人殖民者因她的混血身份把她看作异类，这伤害了尼娜的自尊心，使她深感白人道德的虚伪。从此她不仅对白人心怀厌恶，并且开始用审视的眼光看她的父亲。原先，她对父亲是很亲昵的，现在她发觉连她父亲身上也有一般白人殖民者的虚伪习气。以前她处在父母对立的氛围中，她比较偏向她的父亲，现在她开始和他疏远了，而和她的马来血统母亲日渐亲密起来。

奥尔迈耶曾经放话，等他发了财之后，要和尼娜一起回到阔别多年的故国荷兰去，让尼娜在西方社会过公主般的生活。可在尼娜看来，父亲的发财梦如同画饼，因为林格挖金矿的美梦已成为泡影。即使父亲真正发了财，她也绝对不可能跟他到荷兰去。这不仅因为她厌恶西方人和西方社会，更重要的是，她已爱上马来酋长的儿子戴恩。她觉得戴恩为人刚强，讲义气，有魄力，值得信赖，而且他对她的感情是真挚的、牢固的。母亲自然赞同他们相爱，可父亲却竭力反对。有一次奥尔迈耶得知他们在河畔林中草地上幽会，便划船到那里，悄悄上了岸，寻到他们的幽会处，想来个"棒打鸳鸯"，拆散他们。殊不知，他们对他的训斥置若罔闻，奥尔迈耶不得不拔出手枪，喝令戴恩离开他女儿，从此别再亲近她。不料，戴恩也拔出手枪指向他，表示要他离开尼娜绝对不可能。他们这样用手枪互相指着对方，僵持了好一会儿，最终奥尔迈耶无奈地收起手枪，转身悻悻然离去。

尼娜是康拉德塑造的第一个具有觉醒意识的女性，她不仅反对父权专制主义，坚持爱情自由、婚姻自主，而且更可贵的是她反对西方白人殖民者推行的种族主义，维护了有色人种人格的独立和尊严。如果说尼娜坚持爱情自由、婚姻自主的主张是西方文学中传统主题的变体的话，那么这种主张和她反对种族主义的思想结合起来，就带有特殊意义了。

二、弗罗拉形象的意义

康拉德晚年的作品《机缘》(1912)为他赢得广大读者的喜爱，也给他带来经济上可喜的收益。这部作品一反康拉德创作历来销路不佳的窘况，给康拉德创作打开新的局面。这可能和它主题的新颖、通俗，故事情节较吸引人有关。

小说主人公弗罗拉出生于银行家家庭。当她还在孩提时代，母亲便去世了，随后其父德·巴勒尔因侵占存款户的资金而入狱，判了七年劳役。其父入狱后，家庭女教师伊丽莎对弗罗拉落井下石，不仅百般诋毁巴勒尔，而且欺凌、虐待弗罗拉,最后置她于不顾,私自和巴勒尔的毫无心肝的朋友私奔了。孤苦伶仃的弗罗拉痛苦地呼叫爸爸。伊丽莎离开后,弗罗拉茫然地走出家门,不知道该往何处去。幸好这时她被爸爸的好朋友菲恩斯夫妇发现,他们把她带回家去,让她在他们家安顿下来。可是不多久,来了个像是生意场中的男子,此人外表粗俗,态度傲慢,自称是巴勒尔的表兄,接到巴勒尔的请求信,要把弗罗拉带去收养。那家伙没费多少功夫,就把弗罗拉塞进公共马车带走了。弗罗拉在这位亲戚家生活了一段时间,处境很悲惨。她忍无可忍,终于在一个下雨天逃出那个地狱式的家,回到菲恩斯夫妇身边;但过不了多久那个粗俗的亲戚又来了,他强拉硬扯把弗罗拉带回去。据菲恩斯推测,此人心怀叵测,他之所以如此执着地缠住弗罗拉不是因为受表弟所托,而是看到有利可图。在他看来,巴勒尔肯定转移了自己的一部分财产,因为所有银行家在破产之前都会采取这一预防措施。这样,巴勒尔出狱后,他就可以借口曾收养弗罗拉邀功受赏。

弗罗拉不堪忍受"伯父"家非人待遇,经常吵吵闹闹,弄得家里鸡犬不宁。巴勒尔的表兄无奈之下,只得叫仆人将她送还给菲恩斯,就这样,她被菲恩斯夫妇继续收养,前后达五年之久。这期间她因为受不了菲恩斯太太对她人格的不尊重,曾萌生自杀念头。马洛说,在采石场第一次与她相遇时,看见她站在悬崖边上,仿佛要往下跳,便惊叫起来。听到叫声,她打消了往下跳的念头。但后来她解释说,其实不是因为马洛叫了她一声她才没往下跳,而是因为当时她身边那只狗围着她嬉戏,她想她若往下跳,狗也必然会跟着往下跳,于是她打消了自杀的念头。出于偶然,她结识了来家里度假的菲恩斯太太的胞弟安东尼船长,两人一见钟情,不久悄然私奔。菲恩斯和他的朋友四处寻找弗罗拉,不见弗罗拉的踪影,正在苦恼之际,菲恩斯太太收到一封信,说是弗罗拉马上要和安东尼结婚。菲恩斯太太反对这门亲事,觉得弗罗拉若和安东尼结婚,日后会给她带来没完没了的麻烦。马洛私下和菲恩斯谈话时指出,他妻子没把弗罗拉当作有独立人格的女人来对待,而是认为她行为不谨慎、专惹麻烦。其实她跟安东尼的私奔是想离开令人郁闷的环境,她要寻求自己的幸福。

马洛对弗罗拉的理解、同情,触及这部小说题材的人性化实质。弗罗拉的形象的确饱含人性精神——一个遭遇不幸的姑娘敢于向命运抗争,显示了弱女子的不屈精神,彰显了人的尊严和人格的独立,这在康拉德后期作品中是绝无仅有的,因而弗罗拉这个人物在康拉德塑造的女性形象中显得极其突出。

作为女权主义者菲恩斯太太的女弟子弗罗拉具有女

权主义意识是很自然的事。她的女权意识和她的天生"傲骨"极其合拍。她一直为争取自由、人格的尊严、女性的平等权利而不屈斗争。先是反抗家庭教师伊丽莎的压迫和凌辱,然后反抗她"伯父"的非人待遇,再来就是逃脱菲恩斯太太的压制和忽视。她本以为和安东尼的结合会给她带来自由和幸福,所以不顾父亲的反对,一头扎进安东尼的怀抱,但是婚后生活并不幸福。虽然安东尼为人正派,但他的大男子主义让人无法忍受。她和安东尼貌合神离,他们之间很少进行推心置腹的交谈。无论是在公开场合还是在私下里,他们都说不上几句话。安东尼觉得弗罗拉并不是真心爱他,其实他对她的内心世界一点也不了解。一开始他只是出于同情她的不幸命运而挽救她,自以为给了弗罗拉自由和幸福,并且让弗罗拉父亲出狱后有个归宿,安东尼把自己看作弗罗拉父女的救星,他并不真正从心里爱弗罗拉,并不把弗罗拉看作与自己平等的值得敬爱的对象,而是把弗罗拉看作附属物,认为弗罗拉对他应该百依百顺。弗罗拉则觉得安东尼出于仁慈,把她从一个悲惨的境地救出来之后,却又把她置于毫无自由、幸福可言的境地。弗罗拉受不了安东尼专横的态度和居高临下的讲话口气。有一次弗罗拉毅然离开船,独自跑到码头上去,安东尼发现后追上去,硬把她拉回船上。弗罗拉顺从了安东尼,只因为觉得自己无路可走,可以去跳海,一了百了,但自己死后老父亲怎么办?
她只得继续屈从。弗罗拉觉得,在这个世界上没有人真
正爱她,她要的不是物质上的救助,而是精神上道德上的
关怀。她觉得安东尼和家庭女教师一样,把她看作无足
轻重的东西,漠视她的人格独立和尊严。

　　这部小说通过弗罗拉的不幸身世和她带有悲剧性的
婚姻,彰显了女性要求独立自由与人格尊严的主张。"这
种个人主义道德观不仅深入到二十世纪的文学观念中,
而且它的总的观念接近由萨特和加缪加以理论化的存在
主义哲学。康拉德的观念也与法国作家纪德对人的自由
的强调并行不悖……它还为普鲁斯特的创作提供了背
景,表明个人与其重现的过去,正是唯一有价值的宇宙的
中心。"①

三、爱情题材的道德内涵

　　《胜利:荒岛上的爱情》(1915)是康拉德晚年的优秀
小说。它以新颖的手法表现了一个突出的主题——通过
一个女子的真挚爱情,批判怀疑主义处世哲学。

　　小说主人公海斯特深受父亲思想的影响,对生活产

---

　　①　F. R. Karl：*A Reader's Guide to Joseph Conrad*，Noonday
Press，1960，p.242.

生深深的怀疑,对人生不抱希望,不相信世间有真挚的爱情,也不相信任何人。尽管他待人彬彬有礼,且乐善好施,对人富于同情心,但他令人难以接近,人家都说他是个怪人、"空想家"。在他看来,这个世界恶人当道,防不胜防,只有躲得远远的才安全。于是他前往桑博兰荒岛过隐居生活。他把苏姆贝格酒店里那个备受虐待的拉小提琴的英国女孩列娜解救出来之后,也带到荒岛上和他一同生活。

因为海斯特对女性和爱情不抱幻想,所以,尽管他在荒岛上和那个英国姑娘列娜共同生活了一段时间,也只把她当作生活伴侣,在情爱上不抱非分之想。但列娜感念他的救助之恩,而且看出他是个善良的、正派的、重情义的男人,对他萌生敬仰、爱慕之情,却不露声色。

不久桑博兰岛来了三个奇异的不速之客。为首的瘦高个子名叫琼斯。矮胖、目露凶光的马丁·吕卡多自称是琼斯的秘书。还有一个浑身长毛、相貌丑陋,像熊一样的哥伦比亚人是他们的随从,名叫彼得·佩德罗。原来他们是一伙四处流浪的歹徒,受了酒店老板苏姆贝格的欺骗和怂恿,以为海斯特之所以能在桑博兰岛过隐居生活,是因为他拥有数量可观的宝藏,他们就是冲着这些宝藏而来的。他们起先以和平方式劝诱海斯特交出宝藏,遭到海斯特的否认和拒绝之后,他们便决心以暴力方式使海斯特屈服。起先,声称是琼斯秘书的马丁·吕卡多,潜入列娜的卧室,想对她软硬兼施,让她说出宝藏埋藏的地方,不料遭到列娜的断然拒绝。吕卡多便对列娜施暴,没想到列娜竟占了上风,随后琼斯和海斯特也正式卷入斗争。尽管最后海斯特在这场骚乱中安然无恙,但列娜献出了年轻的生命。不过,她的死显示了生活的胜利,表明弱女子不仅有坚强的生活意志,而且有自我牺牲的精神和惊人的忍耐力,她对她所仰慕的人确是怀着诚挚的感情。列娜以其惊人的表现让海斯特明白,世间确有真情在。这使他认识到他对生活的怀疑,对女人爱情的怀疑是错误的。作者以带有隐喻性的语言描写道:

> 桑博兰岛上空的雷鸣终于停止了,大地上的事物也终于不再在星空下颤抖了,即将逝去的这个女孩,她的精神证实了她所获得的超越死亡的胜利。[①]

列娜弥留之际,海斯特的好友戴维森在场,海斯特对他说的最后的话是:"戴维森,一个人年轻的时候就没有希望,

---

① (英)康拉德:《胜利:荒岛上的爱情》,何明霞、王明娥译,新华出版社2015年版,第366页。

对爱情不抱幻想,也不相信任何人,这是多么悲哀啊!"①

这可以说是海斯特通过生活实践,对自己的怀疑主义人生观的自我批判。

海斯特之所以对自己的怀疑主义人生观有所觉醒,有所悔悟,列娜的爱情起了决定性的作用;列娜以个人实际行动纠正了海斯特对异性的片面看法,让他看到人性的闪光点,这无疑对他心灵产生巨大的冲击力。但是,不管是列娜的高尚人格,还是她对海斯特所显示的动人爱情,都不过是掠过海斯特迷茫灵魂的一道闪电,它只在刹那间照亮了海斯特的心灵,却无法驱散海斯特心头弥漫的悲观主义阴霾,加上这时他的整个生活信念,他的全部感情都和眼前这个女子紧密联系在一起,失去了她,他无法生存;生活对于他也失去了意义,所以海斯特决心和列娜一同离去,毅然放火烧掉他们的住所,并且自焚身亡。

---

① (英)康拉德:《胜利:荒岛上的爱情》,何明霞、王明娥译,新华出版社 2015 年版,第 370 页。

第二章　破解现代社会危机，
探寻解救之道

　　过往的文学作品通常只揭示社会存在的问题，至于问题产生的原因，作者一般不予探究，而问题的解决，在作者看来更不是文学创作的任务。这似乎已是文学创作的常规。康拉德的创作却打破了这个常规，他不仅揭示种种社会问题，而且要找出现代社会危机的根源，探寻医治社会疾病的办法，这是他伦理批评的终极目标。

第一节　"人生而是带着枷锁的"

　　罗素认为康拉德反对两种极端主义的哲学，一种是在极端主义政权下外加的强制性的纪律约束，另一种是卢梭倡导的"人生而自由的个人主义价值观，把纪律的约束丢弃一旁"。康拉德相信，"人生而是带着枷锁的"，但这种枷锁"却能使人变得更加自由"。康拉德之所以强调"纪律约束的重要性",不仅在于他深信人类很多时候就如《间谍》中的极端无政府主义者一样,"极易染上各种各样的情绪激昂的疯狂行为",而且在于他清醒地意识到"文明的、道德上宽容的人类生活就像是在一层薄薄的熔岩的地表上危险地行走,而地壳随时都有可能破裂,让不够警觉的人沉入沸腾的深渊"。①

　　为何康拉德认为"人生而是带着枷锁的"? 康拉德一开始排除了几种不正常的状况。其一是"在极端主义政权下外加的强制性的纪律约束"。例如《在西方目光下》中的俄国专制独裁统治对自由民主的扼杀,使年轻一代丧失对自由的最起码的希望,使人民成为服服帖帖的奴隶。其二是卢梭倡导的"人生而自由的"个人主义价值观,把纪律的约束丢弃一旁。这种个人主义的自由观,作为西方启蒙思想的主要成分,在西方资产阶级反封建、反教会的斗争中,的确曾经起过积极的作用,但是,在资产阶级完成反封建、反教会的任务之后,它的积极性便丧失了。其三,康拉德也反对那种所谓"文明的、道德上宽容的人类生活",因为它可能使人类丧失对生活中隐藏的危险的警觉,陷入灭顶之灾。

---

　　① （英)伯兰特·罗素:《罗素自传》(第一卷),胡作玄、赵慧琪译,商务印书馆 2002 年版,第 203 页。

上述表明,康拉德既反对外界强加的"纪律约束",同时也不赞成无约束的绝对自由,他认为,"真正有效的激励约束应该来自内部"。① 这表明,他所说的"人生而是带着枷锁的"来自人的"精神世界",也就是通常说的"理智的约束力"。

笔者认为,若应用弗洛伊德的精神分析学来分析康拉德"人生而是带着枷锁的"这个论断,相信会对它有更透彻的理解。

先从弗洛伊德关于"意识和潜意识"的概念说起。

弗洛伊德认为,意识是与直接感知有关的心理部分。关于这部分,前人已作过许多论述,人们对它的意义比较熟悉,所以弗洛伊德对它略而不谈。弗洛伊德心理学最引起人们注意,并对现代西方心理学和文学影响较大的是他关于人类精神潜意识方面的理论。弗洛伊德把潜意识看作一种假设的精神活动过程,"因为我们只是在某种程度上从它的结果推断它的存在——我们并不直接了解它",这是一种"在一定时候活动着,但不为我们所知的心理过程"。② 在弗洛伊德看来,潜意识包括个人的原始冲

① （英）伯兰特·罗素:《罗素自传》(第一卷),胡作玄、赵慧琪译,商务印书馆2002年版,第304页。

② （奥）西格蒙德·弗洛伊德:《精神分析引论新编》,商务印书馆1987年,第99~100页。

动、各种本能和欲望，因不见容于风俗、习惯、道德、法律而受到压抑，被排挤到意识之下；但是，它们并没有消失，而是不自觉地、积极地活动着，追求满足。潜意识的存在和作用，从不反射到意识中来，因此我们无法知道它的本质特征。但是我们可以从它和意识的精神系统的各连接点推断出不少东西来。

根据弗洛伊德的理论，人的精神活动好像浮动的冰山，只有很小一部分浮现在意识领域，有决定意义的绝大部分都淹没在意识水平面之下。人类的行动大半却由我们几乎无法控制的这种精神力量所推动。

弗洛伊德认为潜意识可分为两种，一种是容易转化意识的材料，也就是，可以召回，可以回忆起来的经验，称为"前意识"，另一种是难以转化为意识，既不可以召回，也不能回忆起来的经验，称为真正的潜意识。在意识和前意识之间没有不可逾越的鸿沟，二者很容易转化；而潜意识要进入意识却很困难，就像意识被严密把守着，绝对不让潜意识中的本能欲望闯进来。弗洛伊德提出潜意识概念，旨在强调对人的行为动机的探讨，重视情绪的动力学。

弗洛伊德以潜意识概念为基础，提出他的心理人格结构理论。他认为心理人格是由本我、自我和超我三部分构成的，人的精神活动分为三个层次，"本我（ID）"是最原始的，与生俱来的、无意识的结构部分，由先天的本能、基本欲望所构成,肉体是它的能量源泉。它是里比多的贮藏器(里比多即性本能或性的内驱力),是一切精神活力的主要源泉。它主管实施原始的生命原则,也就是弗洛伊德所说的"快乐原则"。它只有满足本能欲望的冲动,具有巨大的、无目的的活力。用弗洛伊德的话说,"我们人格中这一不可接触的部分,混沌弥漫,仿佛一口本能和欲望沸腾的大锅"。① 本我不能接触外部世界,它只和自我发生联系。

"自我"处在本我和外部世界之间,它既是有意识的,又是无意识的。一方面,它既努力帮助本我实现自身的要求,又根据"现实原则"(外在世界的要求)对它实施适当的控制和压抑,使它避免与现实原则发生冲突。另一方面,自我的每个动作都受到严厉的超我的监视;超我坚持行为的一定准则,不顾来自外在世界和本我的任何困难;如果这些准则没有得到遵守,超我就采用自卑感和犯罪感所显示的紧张感来惩罚自我。所以自我既受本我的驱使,遭超我的包围,又受现实的拒斥,它奋力完成自己的任务,把里里外外相交煎迫的力量和影响力加以消解,达成某种协调。从上述看出,"超我"属于人格结构的最

---

① (奥)西格蒙德·弗洛伊德:《精神分析引论新编》,商务印书馆 1987 年,第 104 页。

高层,它是代表社会利益的心理机制,是意识和自尊的仓库。超我或直接或间接地(通过自我)起到抑制或禁止伊底冲动力的作用,把那些追求快乐而不见容于社会习俗的冲动(如侵犯他人、母恋、同性恋等)加以压抑,并把它们推回到潜意识领域里去。

总之,本我为快乐原则所支配,代表未经驯服的本能和欲望;自我为现实原则所支配,代表理智的谨慎;超我为道德原则所支配,代表道德约束的荣誉感。弗洛伊德认为,在正常的情况下,精神人格的三个方面处于相对平衡状态;这种平衡关系一旦遭到破坏,就会产生精神病。

用弗洛伊德的精神分析原理来诠释康拉德关于人的精神世界的论断,再恰当不过了。人生而带上的枷锁其实就是"自我"和"超我"遵循的原则;人类若没带上这两个"枷锁",任凭"本我"摆布,人就会失去精神的平衡,产生精神病,而且危及他人和社会。若依照卢梭的个人主义的自由价值观,人类社会就没有太平之日。

弗洛伊德与康拉德是同时代的人,康拉德从事创作时,未必了解弗洛伊德的精神分析学原理,但是,他们对人性、人的精神世界的洞察竟不谋而合,真令人惊叹。

第二节　失去精神约束的世界成为 "罪恶的渊薮"

康拉德深深感到，一个社会若面临信仰危机，就会失去精神的约束力，就容易滋生种种败行恶德，甚至沦落为罪恶的渊薮。

康拉德所处的十九世纪中后期，正是英国信仰危机时期。1859 年，达尔文《物种起源》一书出版在思想界和科学界产生巨大的震动。"这场达尔文革命几乎触及所有领域。这就是它成为思想史上经典之作的原因。宗教、哲学、社会科学、文学以及艺术从此均不复旧貌。进化论的巨大影响，导致一切思想的结构发生根本性转变。"[1]

达尔文的进化论对宗教的冲击尤其厉害。达尔文证明，人是从动物进化而来的，这就暗含对"创世纪"的否定。既然人和世界不是创造出来的，上帝还有什么神圣可言，值得人们膜拜呢？进化论暗含对上帝神圣的否定，

---

[1]　（美）罗兰·斯特龙伯格：《西方现代思想史》，刘北城、赵国新译，金城出版社 2012 年版，第 323 页。

或许成为后来尼采提出"上帝已死"这一惊世骇俗之说的先兆。总之,在经受进化论的巨大冲击之后,本已走向衰落的宗教,进一步失去对人们精神世界的约束力,失去精神灯塔的虔诚宗教人士,犹如失去航标的船舶,迷茫不知所措。本来对宗教产生怀疑的人则欣喜若狂、肆无忌惮、为所欲为。当然,不只是因为宗教失去了维系人们精神世界的力量,而且种种的科学新发现,也改变了人们对世界的看法。世界的巨变带来人们思想上和心理上的巨变。康拉德面对这个巨变的世界,深感困惑,心怀焦虑和忧惧。

从前章阐述的康拉德的创作主题可以看出,康拉德对现代社会的揭露和批判,就其内涵和思想力度而言,已超越了优秀的批判现实主义作品。康拉德揭示了现代西方社会的症结问题:其一是自由主义、个人主义的价值观对心灵的腐蚀,对团体乃至社会的破坏;其二是精神文明落后于物质文明。对西方社会而言,这两个问题至今仍是其内伤。早在一百年前,康拉德就指出自我中心主义和个人主义是万恶之源,实属不易。康拉德作品中的众多人物,例如《海隅逐客》的主人公威廉斯,《"水仙号"上的黑水手》中的惠特和唐庚,《黑暗的心》中的库尔兹,《阴影线》中那个如同疯子般的老船长等,都把个人利益放在第一位,毫无顾忌地做出种种有损于团体和社会的坏事来。也正是在自我中心主义驱动下，背叛与欺诈之事层出不穷，例如《海隅逐客》中的威廉斯毫无心肝地背叛恩主"闪光号"船长林格和胡迪公司的经理以及在他落难时收留他的奥尔迈耶；他用欺诈手段赢得阿拉伯女郎艾伊莎的爱情，实际却不爱她，还鄙视她，称她"野蛮人"。劣迹被林格识破之后，威廉斯竟把全部罪责推到艾伊莎头上。他和艾伊莎的同居本就是非法的，因为他向艾伊莎隐瞒了自己的婚姻；他的重婚行为背叛了妻子乔安娜。

也正是在自我中心主义驱使下，人们把自我看作孤立的存在，不轻易相信他人；每个人都严守自己心灵的秘密，不轻易向他人泄露自己的隐私。结果，人与人之间的关系变得冷漠无情，彼此处于隔膜状态，心灵难以沟通，谁也不知道别人在想什么。即使父母与儿女之间、夫妻之间、兄弟姐妹之间、朋友之间，彼此心灵都隔着一堵墙，例如在《艾米·福特斯》中，英国滨海的那个怪异的布瑞泽特村，把从海上漂泊到他们那里的异乡人延科·古拉尔视为"疯子""怪物"，没有人想了解他的真实身份，他的身世，他的痛苦和需求，更不了解他的内心世界。即使后来成为他妻子的艾米·福斯特也是如此。哪怕他们成了夫妻，生了儿子，彼此仍不了解，他们之间始终缺乏真挚而坚实的情感，他们确实像一对同林鸟，"大难临头各自飞"。当延科·古拉尔病重时，艾米·福斯特不给他一口水喝，竟抱起儿子一走了事，让他在寂寞、痛苦中死去。

康拉德的作品中不遗余力地揭示在"自我中心主义"驱动下，社会上的种种败行恶德，不过是要表明现代西方的精神危机，道德堕落到何等严重的地步。这恰恰证实了一些文化精英对现代西方做出的英明论断。阿尔弗雷德·卢塞尔指出："现在我们在智力上的成就比原始民族国家进步许多，但我们在道德上却没有取得同样的进步……我们人口中广大民众根本还没有超越原始民族的道德法则，而且在许多情况下，还处在道德法则之下。不健全的道德是现代文明的一大污点，是真正的进步的障碍。①"

第三节　英国商船社精神的启示

在康拉德看来，既然现代社会的危机是人们缺少纪律的约束，不重视精神追求的结果，那现代社会如何走出困局呢？他从英国商船社精神得到启示。

所谓英国商船社精神，是英国商船的海员在严格的

---

① A. R. Wallance：*Malay Archipelago*，Macmillan，1869，pp.595-596.

纪律约束下形成的优秀品德,主要是严格的自律,过硬的技术本领,忠于职守的职业品格和团结协作、无私奉献的精神。这些优秀品质固然是在铁的纪律约束下形成的,但根本在于海员具有为集体利益而奋不顾身战斗的精神;正是在这种精神指引下,他们把船社立下的纪律自觉化为自己行动的原则。缺少这种自觉性,他们只会成为纪律的奴隶,不可能发挥自强不息的奋斗精神和无私奉献的品德。康拉德看重的正是这种自觉地把铁的纪律转化为自己行动原则的自律精神。

在康拉德看来,在这个危机四伏、充满背叛与欺诈的世界上,宗教的说教已无能为力。人们只有像英国商船的海员那样,以"特有的朴实"迎接生活的挑战,"在平常的工作中融入自我牺牲的精神",依靠"一种真诚的责任感"和"一种无形的约束",才能拯救自己和这个摇摇欲坠的社会。①

康拉德的青年时代基本上是在海洋上度过的,他的航海生涯长达二十年(1874—1894)。他从事航海生涯不久,便加入英国商船(1878—1894),从普通水手升为大副、船长。他在英国商船的十余年,对英国商船社精神有

---

① (英)康拉德:《文学与人生札记》,金筑云译,中国文学出版社 2000 年版,第 216,224 页。

深刻的体验。当初他之所以决心加入英国商船队，就是因为受到英国商船社优秀品格的感召。康拉德深深地热爱海洋，既深刻感受到它的凶暴、无情，又觉得它公正无私、辽阔、自然、美丽，海员的英雄品质正是他们和凶暴、无情的海洋在长期斗争中形成的。与其说海洋世界在康拉德眼里是"他者的理想"，不如说是陆地上的人摆脱罪恶的环境之后，在海洋世界里经受大自然的洗礼，返璞归真来得确切。所以海洋世界与陆地世界的对立是淳朴与邪恶的对立，也是理想与现实的对立。如此说来，在康拉德眼里，现代社会要走出危机的困局，必须经历炼狱式的苦斗，让人们的心灵经受一番洗礼，得到净化。虽然从现实跨向理想只有一步之遥，但若不经受这番折腾，一步之遥的距离就会变为难以逾越的鸿沟。

康拉德已经预料到，他为人类设计的自救之道，看似简单，但实行起来困难重重。批评家们已看出他为人类设计的解救之道不着边际。

弗吉尼亚·伍尔夫曾经指出，康拉德认为"这个文明的、自我意识的人们的世界，是建立在'几个非常简单的思想观念上'；但是，在这个思想和个人关系的世界中，我们到哪儿去寻找它们呢？在客厅里可没有桅杆，台风也不会来考验政客和商人的存在价值。到处探索，找不到这样的支柱。康拉德的后期作品中的世界周围有一种不由自主的模糊朦胧,一种不确定性,几乎是一种令人迷惑和疲劳的幻灭感。在黑暗之中,我们仅仅抓住往昔的高贵和响亮的调子:忠贞、热情、荣誉、献身——总是那么美丽,但是现在有点厌倦地老调重弹,似乎时代已经改变了"。①

　　把道德作为救世之道的虚幻性,似乎连康拉德自己也意识到了。所以在《诺斯托罗莫》这部作品中,他把艾米莉娅的道德理想主义为物质利益所摧毁当作重要主题。尽管如此,但康拉德坚信,作者在作品中对生活的评价具有恒定的价值,它会长期地影响读者对生活的理解和看法。正是基于这些认识,他一直把伦理道德当作根治现代社会种种疾病的万灵药。这也许就是罗素说的,"康拉德是个非常古板的道德家"的特性吧。这也正是他的作品至今仍对读者具有感染力的秘密所在,也是他的创作和其他现代派作品的不同之处吧。

―――――――――

　　① (英)伍尔夫:《论小说与小说家》,瞿世镜译,上海译文出版社 2000 年版,第 191 页。

第三章 道德视角下的人物塑造

人物塑造是小说艺术的主体,康拉德小说的人物塑造深受其道德观的影响。因此,梳理康拉德小说的人物形象体系不仅有助于对康拉德小说伦理批评特色的理解,而且可以进一步把握康拉德的伦理批评与其小说艺术的关系。

第一节 揭示不同社会阶层人物的道德面貌

康德拉小说的人物形象总是或多或少、或明或暗地体现了人物所属社会阶层的道德观和心态。所以,康拉德有意识地通过人物形象塑造,揭示社会各阶层的道德面貌。

一、对西方殖民者愚蠢、怯懦、无能、残忍的讽刺

康拉德创作中对西方殖民者讽刺最尖锐的是《进步前哨》与《黑暗的心》。这里着重谈谈这两篇作品对西方殖民者形象刻画的特点和意义。

《进步前哨》着重描写非洲号称进步前哨的贸易站管理人员——头头凯亦兹和他的副手卡利尔。他们到非洲来只为了赚钱、发财，他们一无所能，整天无所事事，贸易上的事都交给本地黑人雇员去办。这个雇员表面上对他们毕恭毕敬，骨子里却瞧不起他们。附近一个村子的酋长高必拉抱着和他们搞好关系的愿望，源源不断地给他们送来生活物资。当地居民对他们那么关照，他们却把土著居民视为野蛮的怪物。起先，在当地土著的支持下，这两个家伙日子过得还不错。不料，有一天贸易站和附近村子遭一伙残暴商人的袭击，高必拉村子里死了一个人，由此引起村民对贸易站的不满，认为他们招来了灾祸，村里一些年轻人要找他们算账，在高必拉劝说下才作罢。但从此村民断绝了对他们生活物资的供应，他们的生活便一天天恶化，而公司的汽船又迟迟不运物资来，他们饱受饥饿煎熬，身体逐渐变得衰弱。最后为了争夺配咖啡的糖块，凯亦兹和卡利尔竟反目为仇，大打出手。在互相追逐中，凯亦兹的手枪走火杀死了卡利尔。凯亦兹

面对自己的罪行,内心陷入绝望的挣扎,终于在次日凌晨用皮带把自己吊死在门前的十字架上。这时公司运送物资的汽船刚刚靠岸,经理来到贸易站,发现他手下的两个雇员已死去。这篇小说以巧妙的构思讽刺了两个殖民者的愚昧、偏执、内心空虚。

《黑暗的心》对西方殖民者的揭露、批判,视野不仅比《进步前哨》广阔,而且讽刺更为深刻。在这篇小说中,作者对西方殖民者的讽刺集中在两点:一是揭露他们推行的种族主义的愚昧、残暴,他们视非洲黑人为未开化的野蛮人,声称他们来到非洲是为了传播西方文明,让非洲人摒弃野蛮习俗,过上文明的生活,但实际上他们对非洲土著民族实行残暴的统治和掠夺。库尔兹在给国际禁止野蛮习俗协会所写的调查报告的最后一页下端,加上了一句极端凶狠的话:"消灭所有这些畜牲!"具有讽刺意味的是,和西方殖民者对非洲黑人烧杀抢掠、无恶不作的罪恶行径相对照,在马洛汽船上工作的十余名"食人族"的雇员忍着饥饿干活,对船上的几个西方白人表现得很有节制。二是,小说着重通过库尔兹的堕落,揭露了西方殖民者追逐物质利益,谋取个人名义地位的野心,已到了丧心病狂的地步。《黑暗的心》在揭露批判西方殖民者的反道德、反人性的罪恶行径方面取得了惊人的成就。在这方面,西方小说至今未见有出其右者。

二、对官僚政客残暴昏庸的揭露批判

《在西方目光下》以简洁的手法刻画俄国专制政客的丑恶嘴脸,凸显俄国专制政治的恐怖残暴。因前面有关章节对此已有论述,此处不再作说明。

康拉德的另一部著名小说《间谍》则通过对格林威治爆炸案的侦查、处理,对英国伦敦警方、官员的昏庸无能、自私自利进行了辛辣的讽刺。希特探长是这桩爆炸案侦查的具体负责人,他从爆炸现场收集到的遗物,发现维尔洛克最有可能是作案者,但此人是他安放在无政府主义者中的线人。过去他曾多次为希特探长办案提供过线索,对希特探长职务的提升起过很大作用。希特探长自然不能把他抛出去。探长在向副总监汇报案情时,便坚持认为案犯的最大嫌疑人是假释犯米凯利斯,唯一的依据是他的住所,就在案发现场附近。但副总监竭力否定他的看法,认为他的证据不足,而希特探长一再坚持自己的观点,弄得副总监大为恼火。他在向上司汇报办案情况时,以办案不力为由,向上司建议撤掉希特探长,但上司一时未采纳他的建议,没有马上撤换希特探长。副总监为何竭力否定希特探长的意见,并对他坚持自己的看法表示恼怒呢?因为他害怕米凯利斯牵扯上爆炸案,为什么呢?要知道假释犯米凯利斯的女恩主,是他的夫人最有权势最高贵的朋友。假若米凯利斯真是爆炸案的罪犯,那么这次他被抓进监狱就再也出不来了,这会使米凯利斯的女恩主怪罪于他,所以他竭力反对希特探长的意见。待到现场找到确凿证据,维尔洛克被认定是作案者时,希特探长竟劝说维尔洛克逃跑。不料维尔洛克不想逃走,他说,若是他被捕了,他要把整个事情抖出来。显然这主要牵涉到俄国使馆的一秘符拉狄米尔,因为他是这个爆炸案的幕后策划者、指使者。希特探长自然也脱不了干系,维尔洛克是他安插在无政府主义者中的线人,如今成了作案者,他怎么向上司交代呢?温妮把维尔洛克刺死后,希特探长和维尔洛克的秘密关系就没人晓得了;维尔洛克被确定为案犯之后,副总监高兴极了,立刻去告诉米凯利斯的女恩主,她所保护的那个人没事。

三、对资产者唯利是图本质的揭露

康拉德的创作极少涉笔商人、资产者,《诺斯托罗莫》的主人公查尔斯·高尔德可以说是他浓墨重彩描绘的资产者。在欧洲文学中以塑造资产者形象为主的小说,如狄更斯的《董贝父子》《艰难时事》,巴尔扎克的《欧也妮·葛朗台》都是中国读者耳熟能详的经典之作。但是康拉德笔下的资产者查尔斯·高尔德却明显有别于狄更斯笔下的董贝和庞得贝、巴尔扎克笔下的葛朗台。虽然查尔

斯·高尔德和那些古典作品中的资产者一样,都体现了
资产者唯利是图的本质特征。但是,古典作家着重表现
资产者如何视财如命,如何为金钱所腐蚀,没有人性。康
拉德笔下的查尔斯·高尔德却着重揭示物质利益如何腐
蚀了一个具有壮志豪情的青年,使他从一个立志干一番
大事业——通过开发银矿使社会繁荣、进步,实现社会公
平正义的有为青年蜕变为迷恋物质利益为他带来的荣誉
和地位,而抛弃亲情和家庭,对妻子冷落冰霜的"冷血动
物"。古典作家对资产者本质的揭露,重点在物质利益腐
蚀一个人的心灵之后的表现——嗜财如命,以为金钱万
能,吝啬成性。康拉德在查尔斯·高尔德身上凸显的是
物质利益如何摧毁了一个青年的道德理想,使他从一个
目光远大、壮志凌云,重视亲情、关心社会和芸芸众生命
运的有为青年,蜕变为一个鼠目寸光、心胸狭窄的实业
家。这种写作差异不仅是时代的差异造成的,更是作者
志趣的差异所致。康拉德面对现代社会的危机,重点在
于揭示物质利益的追求既是人的本性,却又是造成个人
悲剧、社会灾难的源头,在他看来,关键在于人类如何掌
握对物质利益的追求,使它符合一定法度。

四、西方白人视角下的东方有色人种形象

康拉德创作虽以白人形象(包括商人、政客、海员和

从事各种职业的平民百姓等)为主体,但也描写了遍布世界各地(主要是东方,所谓东方指亚洲及非洲北部地区与欧美等自称的"西方"有所区别。)的有色人种形象,包括华人、马来人、阿拉伯人、非洲黑人和南美洲的土著民族。这些人物在小说中处于附属地位,而多半以背景的成分或事件的不重要参与者出现,即便如此,这些人物也丰富了康拉德创作的文化色彩。那么康拉德怎么去表现这些人物呢?虽然作者难免受传统思想的影响,最明显的一点是站在西方文明高度傲视或俯视这些处于较低社会发展层次,甚至是原始社会阶段的东方有色人种,带着怜惜的态度去亲近、表现他们,但我们也要看到作者对东方文化表示惊羡,对东方民族的优秀道德(例如忠诚、吃苦耐劳、英勇顽强)表示钦佩。总的来说,康拉德对东方有色人种人物的表现是比较客观、可信的,某些观点上的偏差也情有可原。因为康拉德是西方作家,总免不了受西方文化中错误观点的影响。呈现在读者眼前的各种有色人种形象,让读者觉得既熟悉又陌生,这不仅是历史造成的,也是异质文化交汇、碰撞的结果。更要看到康拉德常常是以印象主义手法表现这些人物的,像漫画一样,几笔就勾勒出人物的性格、神态、特点。康拉德对这些人物确实着墨不多,这里着重介绍康拉德笔下的华人形象。

最先出现在康拉德小说中的华人形象,是《奥尔迈耶的愚蠢》中诱惑处于衰败颓唐中的奥尔迈耶吸食鸦片的华人金。在其他作品中也提到华人吸食、贩卖鸦片的事情。这个简单的细节（其实小说中只有几句话）让人感到鸦片对中国人的毒害。还有一处写到华人的是康拉德的后期作品《胜利》，海斯特在荒岛上过着隐居生活时雇佣的仆人王。此处对王的着墨稍多一些。有一天王正要去列娜的住所从事日常的家务劳作，听见里面发出巨大的响声，他猜想里面发生斗殴，但他不敢进屋去看个究竟，只是在屋外逡巡了一会便离开。自从荒岛上来了三个奇异的白人之后，王就预感事情不妙，不知何故，他到海斯特屋里，偷走了他藏在抽屉里的一把左轮手枪。海斯特发现枪遗失后曾郑重其事地询问王，手枪是否是他拿走的？王矢口否认，海斯特见他执意否认，没再追究下去。几天后，王进屋来对海斯特说，他要辞职，海斯特问他为何不干了？王说：“你们白人之间有矛盾，我觉得不宜在这里待下去。”海斯特没挽留他，答应了他辞职的要求。又过了几天，海斯特和琼斯等人的矛盾日趋尖锐，海斯特因不能保护列娜的安全而不安。他和列娜一起去找王，看他能不能给他们一些帮助，可是王表示不想介入他们白人之间的事情。这些细节汇总起来，给读者一个印象：王是个很有城府的人，显示了当时在国外的华人对白人既敬畏又信任的心理。

　　对华人形象着墨较多的是康拉德的著名海洋小说《台风》。

　　这篇小说的中心事件是由老船员任船长的轮机船"南山号"受命从南洋运载二百名中国苦力至福州港。途中遭遇狂风巨浪袭击,船颠簸得很厉害,关在船底中舱的苦力备受颠簸之苦,他们随身携带的木箱也破裂了,藏在箱内的银圆都散落出来,四处滚动。这些银圆是他们多年干活积攒下的血汗钱,自然十分珍惜。为了收拾失散的银圆,他们乱成一团,互相争夺,甚至大打出手。一些人被打得头破血流,有的伤势严重,命悬一线。发现这种情况的水手向船长马克惠报告,说那些中国苦力斗得你死我活,惨不忍睹。马克惠说绝不容许出乱子,吩咐大副朱可士率领轮机长苏罗门和一些水手下去制止骚乱。苦力们猛然看见这些"白洋鬼子"气势汹汹地闯进来,一下子吓呆了,不知道这些人是要他们的命还是来抢夺他们的财产,他们停止了争斗。不一会儿他们终于醒悟过来,莫非这些人是来抢夺他们的财产?有一两个苦力大声嚷嚷,表示抗议。朱可士等人不明白他们嚷嚷什么,生怕他们动武,赶快溜出中舱,把门拴住。这场纠纷最后让船长马克惠以明智的办法妥善解决了。中国苦力的骚乱事件,是在西方白人船员的目光下呈现的,因此这些中国苦力在精神层面上、行动上表现的特点,自然经过西方人的思想过滤,归结起来有三点:一是中国劳苦大众是可怜的,艰苦的生活环境使他们形成重利轻义的"小心眼"。他们要拾回自己丢落的银圆本是天经地义的,引起纠纷的原因可能是担心别人夺了自己的份额,或真的有人趁纷乱把别人的银圆占为己有。不管怎样,纠纷的根源是利己主义;重利轻义,金钱粉碎了同胞同乡之情。二是中国苦力依然是可敬的。在这场纠纷中有人身负重伤,甚至连眼珠子都凸了出来,可是他们不把它当一回事,依然谈笑自若。中国苦力的这种韧性让船长感到吃惊,这到底是中国劳苦大众麻木不仁的劣根性,还是吃苦耐劳、不怕苦不怕死的精神? 三是中国苦力对"白洋鬼子"(他们眼中的白人船员)心存畏惧和戒备。中国自鸦片战争之后备受西方列强,还有后期的日本军国主义侵略压迫,对西方的"白洋鬼子"和亚洲的"东洋鬼子"心存畏惧,仇恨、不信任外来势力已成为集体心理积淀。当大副朱可士率领一些水手气势汹汹闯进中舱时,正在争斗的中国苦力静止下来,他们觉得这些"白洋鬼子"来者不善,担心这些人要抢夺他们的财产,还有一两个人大声嚷嚷抗议,这种担心在一定程度上是集体心理积淀的显露。

第二节　以道德原则区分的人物类型

这里所谓"道德原则",是指社会公认的人们行为处事的基本伦理准则,比如忠诚、仁爱等,与奸诈、残暴形成鲜明的对比,康拉德在塑造人物时注重依照道德原则来区分他的人物类型。

一、道德理想的追求者

康拉德塑造了几类道德理想的追求者,具体有以下几种类型。

1.体现英国商船社精神的海员

在康拉德看来,英国商船社精神是海员英雄品格的核心,它不仅成为海员的道德标杆,而且成为人们向往的道德理想。康拉德对英国商船社精神有着深刻的理解,他在《文学与人生札记》中的"传统"一节中,集中表述了他对商船社传统的理解。在康拉德看来,商船社传统是英国海员在"辛勤的工作中产生的共同命运的同情意识"和"职业道德的严格戒律"。这种意识不仅意味着海员的"千锤百炼的忠诚"和"荣誉的操行感",也意味着他们"对职业和理想主义的热爱"。在长期孤独的海上生活中,海员们超越了一切职业的角色和社会常规,始终如一地响应号召,尽职工作,始终"忠诚于他们那种特殊生活的需要"。他们以生命的代价顶着"难以忍受的压力",以顽强的精神和艰苦劳动创造了这一传统。这种"在工作中产生的传统,不仅使得海员们超越了自己以往的弱点,塑就了他们'集体的性格'和'个人的成就',同时也以一种'人的品质'为后来者创造了'淳朴的行为典范'"。①

在康拉德的海洋小说中,一些优秀的海员都不同程度地体现了英国商船社传统中某方面的精神。例如《台风》和《"水仙号"上的黑水手》中的海员不屈不挠、英勇顽强地和狂风巨浪搏斗的斗争精神。《"水仙号"上的黑水手》中老水手辛格尔顿尽职尽责的忠诚品格;《台风》中老船长马克惠面对危险复杂的情境智勇双全、无私无畏、沉着应对的精神等等,都让人们感受到英国商船社创造的"纯朴的行为典范"在这些人物身上闪耀的光辉。

2.忠诚于自己信念的坚贞不屈革命者

《在西方目光下》是康拉德创作中唯一涉及俄国人民反抗专制独裁政府的小说。在这部小说中,康拉德塑造了坚持革命信念,奋起反抗专制独裁政府,英勇顽强、坚

①　(英)康拉德:《文学与人生札记》,金筑云等译,中国文学出版社2000年版,第208～223页。

贞不屈,为革命而献身的英雄。尽管康拉德不一定认同人物的信念和带盲动性的行为(康拉德本来就不赞同革命,对革命者一般而言不怀好感),但是康拉德对霍尔丁忠诚于革命事业,坚贞不屈的革命意志,通过无人称叙述者的叙述显然流露出些许敬佩之情。如果把霍尔丁和拉祖莫夫对照起来考察,更明显看出他们的思想、行为、道德品质的差异。霍尔丁热爱人民大众,为民除害心切;为了人民的事业,他慷慨献出自己的青春;他对朋友无限信任。拉祖莫夫不关心人民的疾苦和危难,一心只考虑自己的前途、荣誉,而且他把俄国人民视为麻木不仁的群氓,对人民大众极其蔑视,却把俄国专制独裁统治者视为国家民族的救星。两相比较,霍尔丁是顶天立地的英雄,拉祖莫夫是鼠目寸光的利己主义者,最后堕落为专制官僚的政治工具乃至帮凶。在这里,我们看到生活真理如何纠正作家政治上、道德上的偏见;在特殊的情况下,康拉德感到真诚的革命者怀有崇高的理想和诚挚的生活情操,而这是符合他的道德信念和理想的。

3.在生活中坚守道德原则的人们

在康拉德看来,人们只要在复杂多变的生活中坚守道德原则,就不仅会生活得很愉快,他们身上的道德精神也会给周围世界投射亮光,给他人带去喜悦和慰藉。例如《间谍》中的温妮,她的母亲和智障弟弟都秉持仁爱精神,他们关心他人胜于关心自己。温妮的母亲为了减轻家庭的负担,让儿子斯迪威的生活更有保障,毅然到济贫院度过寂寞的余生。这是无私的、伟大的母爱。温妮对智障弟弟斯迪威也表现出无微不至的关怀,简直把他看得比自己的生命还重要。斯迪威尽管头脑糊涂,却怀有令人钦佩的仁爱精神:在和姐姐坐马车送母亲前往济贫院的新家时,为了减轻那匹拉车的疲弱老马的负担,斯迪威竟然从车上下来,坚持步行,而且恳求马车夫别鞭打拉车的老马。他们的仁爱精神不仅使他们的家充满感人的亲情,为他们寂寞的人生增添了些许安慰和乐趣,而且在伦敦这片阴暗而肮脏的角落投射出圣洁的光辉,更使人觉得后来无政府主义者制造的那幕惨剧,对人类美好的道德理想造成何等残酷的摧残!

在康拉德的创作中,另一个令人感动的坚守道德原则的女性人物是《诺斯托罗莫》中,查尔斯·高尔德的妻子艾米莉娅。原先她坚定地支持查尔斯·高尔德开发桑·托梅矿的计划,并且不怕苦、不怕累,积极参与银矿的开发工作,为了工作便利,有时他们在工地上待上几个星期。她还和丈夫一道前往外地招募劳工。她之所以在银矿的开发中任劳任怨,只因为她希望银矿开发真能像她丈夫说的那样,给社会带来繁荣、进步,实现社会的公平与正义。可是,她渐渐发现,在银矿开发过程中,碰到了许多事先难以预料的艰难险阻,特别是复杂的、难以应付的人事关系,这些令她害怕。常常为了办一件事,不得不向政府官员行贿。查尔斯·高尔德声称他不介入政治,在复杂的党派斗争中保持中立,但是私下有传言,在最近一次政变中,矿务部门曾出资支持文人出身的总统上台。种种触目惊心的弊端,让艾米莉娅觉得,银矿开发确实困难重重,这样发展下去是福还是祸,难以预料。所以有一次(见小说第一部第六章开头),艾米莉娅曾委婉地劝丈夫适可而止,她丈夫却表示毫不后退。事情发展的结果令人喜忧参半,银矿的发展虽然带来社会的表面繁荣,但没使人民大众的生活得到改善,反而使查尔斯·高尔德不仅经济上获益,而且政治地位、社会地位得到极大的提升。他一头钻进银矿开发事业,把家庭爱情丢到脑后,和艾米莉娅的关系日渐疏远。在这种情况下,艾米莉娅毫不改变自己的为人处世态度,她一如既往地关心他人胜于关心自己。

4.维护女性权益的妇女形象

康拉德的后期小说《机缘》是第一部受大众欢迎,并给他带来可观的经济效益的作品。在这部小说中,康拉德塑造了女权主义的女性形象弗罗拉。这可以说是康拉小说伦理批评的全新主题,弗罗拉是他塑造的全新的女性形象。弗罗拉从小就好强,从不对轻视她欺负她的人示弱。当家庭女教师诋毁父亲时,弗罗拉大胆争辩抗议;自称是弗罗拉父亲表兄的人出于自私争夺对弗罗拉的抚养权,却虐待她,使她过着痛苦的生活,她便和他们对抗,闹得他们不得安宁,让他们不得不放弃抚养权,把弗罗拉送回菲恩斯夫妇身边。虽然弗罗拉在菲恩斯夫妇家生活还过得去,但是菲恩斯太太不尊重她,不重视她的权益和要求,简直把她当作无足轻重的物件来看待,这让弗罗拉觉得生不如死,曾让她动过自杀的念头。后来她结识菲恩斯太太的弟弟安东尼船长,安东尼是来姐姐家度假的,他们相识完全出于偶然,但他们很快就堕入情网,而且不久就私奔了。他们没给菲恩斯夫妇留下任何讯息。菲恩斯太太对此无动于衷,菲恩斯先生却心急如焚,他和来他家做客的朋友四处寻找,忙了一整天却无果而归。幸好不久弗罗拉给菲恩斯太太寄来一封信,说她马上就要和菲恩斯太太的弟弟结婚了。这时候,弗罗拉的父亲坐了七年监牢之后出狱。他本是银行家,因侵占客户的存款而被判入狱,服了七年劳役。弗罗拉把她要和安东尼结婚的喜讯告诉父亲,不料,遭到父亲强烈反对。尽管弗罗拉对他说了安东尼为人的许多优点,但他一概不信,一口咬定安东尼是一个流氓、骗子。弗罗拉不顾父亲的反对,毅然和安东尼结了婚,但是婚后他们生活得不愉快。安东尼总觉得弗罗拉并不是真正爱他,对他不冷不热,彼此难得说上几句话,不管在公开场合还是在私下里。安东尼自以为是他给了弗罗拉自由,把她从困境中救出来,让她过上自由、幸福的生活,并且让弗罗拉刚出狱的父亲在船上有个舒适的安身之所,他自认为是他们父女的救星而弗罗拉应该对他感恩戴德才对。可是安东尼不知道,弗罗拉需要的不是物质上的帮助,而是精神上的关怀,他应该尊重弗罗拉的人格的独立和尊严,而不应该以她的恩人自居,对她颐指气使,连说话也带居高临下的口气,这让弗罗拉绝对受不了。所以,在她看来,安东尼和那个家庭女教师及菲恩斯太太一样,根本不考虑她人格的独立和尊严。他们不幸的婚姻终于以安东尼和芬得号船一同沉入大海而结束。安东尼牺牲后,弗罗拉却思念他生前的许多好处。更出人意料的是,她从芬得号船大副鲍威尔那儿获得真正的爱情。在芬得号船上度过的那些日子,当安东尼对她以恩人自居,其他水手对她冷眼相看时,只有鲍威尔始终同情她、关心她,给了她难得的幸福感。连她自己也没想到,她真正爱的是这个生性活泼、善解人意,给人以尊重和关心的年轻人。

二、向恶势力退让的善良人物

康拉德晚期作品《胜利》中的主人公海斯特一味向恶势力退让。海斯特为人严肃、内敛,让人觉得不好亲近,但其实他本性善良,富有同情心,对有困难的人他都慷慨地伸出支援的手。这些善举却往往遭到别人的曲解,甚至成为他人造谣中伤的材料。例如当海斯特得知善良的英国商人莫里森因生意上碰到困难,赖以营生的双桅帆船被葡萄牙海关扣留,不日将被拍卖,却无力赎回时,二话不说,借钱给莫里森把船赎了回来。这完全是无私的善举。谁料过后不久,莫里森回英国后得病去世,消息传来,有些人便造谣说,莫里森是因为遭到海斯特的残酷盘剥而死去的。散布这个谣言最卖力的是酒店老板苏姆贝格。他经常在顾客中散布关于海斯特的谣言,说他如何恶毒,如何没人性,把他说成十恶不赦的坏蛋。

海斯特为了躲避邪恶之徒的造谣中伤,毅然到桑博兰岛过隐居生活。不久,他发现苏姆贝格酒店的乐队中有个拉小提琴的英国姑娘受到非人待遇,便设法把她营救出来,带到荒岛上和他一同生活,给她取名列娜。他的这一善举又成为苏姆贝格造谣中伤的口实。他污蔑海斯特是"淫荡成性的恶棍"。他的朋友,善良的航海家戴维森担心他带着一个女孩子在荒岛上生活成问题,到荒岛探访他时,问起他的生活情况,海斯特说:"这个世界就是一只恶狗,逮着机会就咬人,但我相信,我们在这里可以安全地和命运抗争。"

接着发生的一场悲剧,恰恰与海斯特的判断相反。

三个不速之客在酒店老板苏姆贝格唆使下，来到桑博兰岛，声称要夺取海斯特从莫里森那里霸占来的金银财宝。海斯特起先对这三个来路不明的人以礼相待，可是他们却凶相毕露，明确要求海斯特交出财宝。海斯特当然拿不出什么财宝，于是他们向他和列娜动武。在争斗中，列娜中弹身亡。她以自己的生命证明她对海斯特的爱，当然那三个歹徒也没有好下场。海斯特在列娜去世后已没有勇气在这邪恶的世界里生活下去，放火烧了三座房子，他在火中自焚，追随列娜的英魂而去。小说表明，桑博兰岛并非世外桃源。现实中的邪恶是无处不在、无孔不入的，想躲也躲不了。海斯特想以隐居、退让的方式躲避世界的邪恶，不过是空想。

三、追求理想失败的人物

《吉姆爷》的主人公吉姆一心想成为智勇超群的英雄，但是事与愿违，他始终没能实现愿望，反而因背弃道德原则而陷入悲剧。

吉姆第一次失足是在"帕特纳号"船上当大副时候。当时这艘运载了数百名穆斯林朝圣者的旧船，因与一艘沉船相撞发生故障，像是要下沉的样子，德国籍船长和几个副手纷纷弃船逃生。他们跳进放下的小艇后，催促吉姆也往下跳。起初吉姆不愿意，但是当他看到船真的像是要往下沉时,动了心,跳进小艇,和他们一起逃生。起先,吉姆还不断回头张望"帕特纳号",心想,如果它没问题的话,他就跳下海游回去。但是他在夜色和雾气中看不真切,他只得和他们一起逃离。他们在亚丁登陆后,向有关部门报告称,"帕特纳号"已沉没。可是造化弄人,次日,"帕特纳号"竟出现在亚丁湾。原来它并未沉没,而是被过往船只发现后,拖至海港。这样,吉姆就要担当弃船逃跑的罪名,这给吉姆的航海人生留下一个大污点,对吉姆而言,这是刻骨铭心的耻辱。吉姆这一次铸下大错是因为临危意志不坚定,背离了职责,但当时的情况的确比较复杂,真真假假,令人难以捉摸。所以吉姆始终不承认自己怯懦。

吉姆决心以实际行动洗刷这耻辱。他来到马来人聚居的帕图森岛,为布吉斯人立下汗马功劳。但白人海盗布朗率领一班喽啰入侵帕图森后,他的命运再次发生逆转。起初,他率领当地土著大败布朗,本应该把他们一举歼灭,但布朗使出诡计,提起吉姆过去的不名誉事件,提醒他:他们都是沦落人,应放他一马,只要让他率领部下安全撤退,他就不再生事。吉姆经他这么一说,就答应了他的要求,竭力说服布吉斯人,说他和布朗签订的协议肯定没问题,声称他们的利益就是他的利益,他是不会背弃他们的。这样布吉斯人勉强同意他的办法。谁料,布朗与布吉斯人的内贼柯涅柳斯勾结，趁吉姆他们没防备，大杀回马枪，使布吉斯人遭到惨重损失，连多拉明酋长的儿子诺瓦利斯也牺牲了。吉姆无颜面对布吉斯人，只能向多拉明以死谢罪。

吉姆两次失足，都起因于对道德原则的背叛，第一次是对他的大副职责，对船上的几百名朝圣客的背叛，第二次是对帕图森土著民族的背叛。这两次背叛的起因虽略有不同，第一次源于他的怯懦，意志不坚定，说穿了是贪生怕死，第二次，固然和布朗的奸诈狡猾这一外在因素有关，但决定因素还是吉姆的轻率和心理上的软弱。他始终未能走出荣誉的怪圈。这一心理弱点正好为对手利用。归结起来，吉姆的人生悲剧主要源于自身的弱点。所以，康拉德断定，"一个人最不能相信的就是他自己"，因为在他看来，人是一种"高贵与粗鄙、神性与劣根性并存的结合体"。①

四、反道德人物

这类人物完全以自我为中心，为所欲为，一切以满足自身欲望为目的。在康拉德创作中，具有代表性的这类

① （英）康拉德：《诺斯托罗莫》，刘珠还译，译林出版社 2001年版，第 237 页。

人物是《海隅逐客》的主人公威廉斯和《黑暗的心》中那个白人殖民主义者库尔兹。

这两个人物的共同之处在于对道德原则的全面背叛。威廉斯背叛爱情、背叛婚姻,并且以怨报德,出卖恩主林格的商业利益,还私自挪用胡迪的公款,他还与有恩于他的奥尔迈耶反目为仇,等等。这个人物背弃了一切道德原则,甚至可以说丧失了人性,但威廉斯何以变得如此腐败?小说却没揭示其道德堕落的根源。

库尔兹这个反道德的人物却写得深刻得多。他本是个文化人,在音乐方面颇有造诣。但是自从他投身殖民事业之后,不仅起劲推行种族主义,仇视、蔑视非洲土著民族,而且个人主义恶性膨胀,为了个人的利益,为了荣誉、地位,蔑视一切道德原则。他既对非洲土著民族极端残忍,却又迎合他们的落后、野蛮习俗,参加他们的秘密仪式,接受他们的臣服,以致最后他坠入黑暗的中心,而不能自救,临死时,发出内心的呼叫:"可怕,可怕!"

库尔兹和威廉斯不可同日而语,库尔兹的堕落揭示了西方殖民主义反道德、反人性的本质,威廉斯的堕落充其量表现了西方殖民主义对年轻一代的恶劣影响而已。

第三节　道德眼光与艺术眼光交叉下的
　　　　　人物塑造

"道德眼光与艺术眼光的交叉"意味着,康拉德不仅关注人物的道德类型,而且非常注重人物塑造的艺术手法和人物类型的个性特征,所以,康拉德笔下的人物绝无概念化、类型化之嫌。

一、凸显人物类型的个性特征

尽管康拉德塑造了很多类型的人物,但人物形象并不雷同,并不是千人一面,而是各具鲜明的个性特征。比如《台风》中的船长马克惠和大副朱可士都是与台风斗争的猛将,在抵御狂风巨浪中显示了英勇顽强的本色,但我们绝对不会把他们混同起来,因为他们各自具有鲜明的个性特征。马克惠在灾难面前显得沉着、淡定,以致使朱可士觉得船长有点呆滞。

小说开头马克惠走进海图室,看到气压表上的表度极其低落,知道这是气候恶劣的预兆。他明知附近哪儿的天气起了异常恶劣的变化,却显得若无其事。眼见海浪开始汹涌,大副朱可士向船长建议,让船掉个头,避开风浪。马克惠却坚决不同意。

　　"风这就快来啦。"朱可士嗫嚅道。

　　"那就让它来吧"马克惠船长高傲愤慨地说。"这不过让你明白明白，朱可士，你不是样样东西都能够从书里面找到的……"他说，"……你打算调转方向，叫船头直冲着那高浪，应该多久，我可不知道……"他望着满面疑惑的朱可士继续说道：

　　"风暴只是风暴，朱可士，一艘开足马力的轮船，只好迎面承当，这样恶劣的天气变化到处都是，合适的办法就是直穿过去……"①

　　马克惠和朱可士都是勇于面对自然灾害的硬汉子，但他们在面对险情时的心态不同，前者面对即将到来的风暴，胸有成竹，沉着应对，后者心里没有把握，一时乱了方寸。因此在如何抵御台风，保证船舶和人员的安全方面，各人有不同的想法和策略。相比之下，船长马克惠老到得多。尽管朱可士面对老大的固执、呆滞，心里暗暗抱怨，但是，有船长待在身边，朱可士莫名其妙地觉得欢喜。

　　① （英）康拉德：《台风》，袁家骅译，薛诗绮编选：《康拉德海洋小说》，上海文艺出版社1995年版，第81～82页。

这使他宽慰,仿佛老大一来到甲板上,便将暴风的一大半重量放在他自己肩头上去了,这就是当了船长的威信、特权和负担。马克惠船长却无从希冀地球上谁能给他那种宽慰。"这就是当了船长的孤寂"①作者洞察入微地显示船长和大副迥异的思想个性,以及他们之间相依相存,却又相生相克的奇妙关系。小说紧扣他们之间的这种关系,表现台风袭来时他们的精神面貌和心态。

二、以反讽手法显示人物的道德面貌

讽喻手法是《间谍》显著的特点。有人指出,其"讽喻的范围触及当代社会的所有角落"。② 英国著名批评家利维斯更把反讽当作这部经典杰作重要的特色。他认为:"假如我们称之为反讽小说,那么反讽一词在这里的含义,当与我们称《大伟人江奈生·魏尔德传》为反讽小说时是一样的。"③他进一步表示,"《间谍》见解之成熟和表现这一体裁的手法之高超完美而言,才是真正的一流

---

① (英)康拉德:《台风》,袁家骅译,薛诗绮编选:《康拉德海洋小说》,上海文艺出版社 1995 年版,第 88 页。

② M. P.Jonse:*Conrad's heroism*:*A Paradise Lost*, UMI Research Press, 1985,p.122.

③ 《大伟人江奈生·魏尔德传》是十八世纪英国杰出的小说家菲尔丁著名的反讽小说。

杰作;相形之下,《大伟人江奈生·魏尔德传》虽然有艺术,也有思想,却只能被视为毛头小子的笨拙之作"①。

　　《间谍》在塑造人物形象时出色地采用了反讽手法。首先小说揭示人物之间惊人的"隔绝"状态,维尔洛克的家庭可以说是这方面的代表。不喜欢深究事物的温妮对于丈夫与俄国使馆和警察的关系一无所知,对于丈夫和他那伙朋友的关系,以及他们何以经常在家里聚会,温妮也懵然无知。维尔洛克则全然不了解温妮对他的感情,毫不怀疑她是爱他的。甚至爆炸案发生之后,他也不了解她心中有多么悲痛和愤怒,不了解他已被温妮看作谋害斯迪威的凶手,对他怀着刻骨仇恨,只以为温妮处于一般的惊吓和伤心状态。他竭力辩解自己毫无伤害斯迪威的意思,斯迪威的死完全是偶然事故。他甚至说,斯迪威的灾难已经过去,现在是他面临灾难的时候了,万一他被捕了,她一个人怎么办?希望她多替他考虑,也多为她自己着想。诚然。对温妮而言,这些辩解、劝说之词无异于火上浇油,使她心头的愤怒和仇恨变得更强烈。维尔洛克一直没体会到,甚至连想也没想过温妮内心的痛苦和愤怒已到了何等激烈的程度,只认为温妮还没从难过的

---

　　① （英）利维斯:《伟大的传统》,袁伟译,三联书店2002年版,第349～350页。

状态中摆脱出来。大概为了缓解僵持的气氛，维尔洛克还向她发出求爱的低语。被激怒的温妮貌似沉着地拿起桌上的切肉刀，缓缓走向维尔洛克躺着的沙发边，不待他发觉，就向他左胸口猛刺一刀。小说以细腻的笔触，反讽的语调显示维尔洛克夫妇之间心理对峙的全过程。这是这篇小说的反讽手法表现得最精彩之处。此外，其他人物形象也明显带有反讽意味。

白痴斯迪威是最仁慈、最有人性的，他与小说中其他心智健全但道德堕落的人物形成鲜明的对比。斯迪威虽然对周围的事物处于无知状态，但当他对周围的事物感到不安，心中慌乱时，就不停地在纸上画圆圈，这些重复交迭的曲线反过来象征世界的混乱，令人困惑。

除了温妮与维尔洛克之间处于隔绝状态之外，其他人物的关系也是如此。全家对温妮的母亲要离家去济贫院的事一直不知情。维尔洛克在外面的人事关系也处于绝密状态，维尔洛克的同伙像温妮一样对他与俄国大使馆及警署之间的关系一点也不了解。符拉狄米尔也不晓得维尔洛克是希特探长的线人；反过来，伦敦警察署在爆炸案发生之前，对维尔洛克与符拉狄米尔的关系也毫不了解。一切都处于黑暗之中！小说对伦敦警察署官员的昏庸无能、自私自利进行辛辣的讽刺，因前文已有所论述，此处不赘。

三、心理刻画和人物言行相结合

康拉德的创作,有的主要通过人物的言行来表现人物的命运,彰显其道德意义,例如《傻子们》和《艾米·福斯特》。但是,最有代表性的是那些把心理刻画和人物言行结合起来表现人物的性格和命运,彰显其道德意义的作品。其中最引人注目的是《在西方目光下》。其人物心理刻画和性格刻画与行动的融合关系大概经历了如下三个阶段。

第一阶段,拉祖莫夫并未因他告发霍尔丁的罪行而获得自由,恢复昔日的平静,反而被当局暗中看作可疑人物。传讯搜查事件接连发生,当局考虑到他与 K 亲王的关系,才未正式地把他归到这次政治事件中去。尽管如此,拉祖莫夫还是深感委屈、愤慨,决心从此退隐,但当局不让他这样做,委派他以密探身份前往日内瓦,刺探聚集在那里的俄国流亡革命者的活动情况,定期向当局做书面报告。这是拉祖莫夫第一次感到人格的撕裂、身份认同的危机。他明白他在当局眼里只是驯服的工具。他混迹于俄国流亡革命者中,表面上他是霍尔丁的同事、朋友,也就是那些流亡革命者的同伙,骨子里他是个密探,是他们不共戴天的敌人。说实话,在他的内心深处,除了对 K 亲王有天然的亲近感之外,他对其他政客、官僚、宪兵、警察都没有好感,而对那些革命者他则极其鄙视,但他不得不和他们接近。他提醒自己,处处时时都得小心谨慎。因他以霍尔丁的同事、朋友身份出现,那些流亡革命者,尤其是霍尔丁的亲人,都迫切希望他能向他们讲一讲霍尔丁被捕前后的情况,尤其是从伦敦传来英国记者报道的霍尔丁被捕的消息之后,这种要求更为迫切。娜塔莉娅·霍尔丁的老师、朋友老语言教师在邂逅拉祖莫夫时,几乎以命令的口气要求他向霍尔丁的亲人讲述霍尔丁被捕的前后情况,这简直像把拉祖莫夫放在火上烤,所以他向老语言教师大发雷霆。

第二阶段,正当拉祖莫夫焦虑不安,想尽办法掩护自己时,一个情况出乎意料地发生了。俄国流亡女革命者索菲亚·安东诺夫娜告诉他一个消息,她在彼得堡的线人来信向她报告,告发霍尔丁的人是那个拉雪橇的农民兹米安尼奇,最近他已畏罪自杀。拉祖莫夫听到这个消息后,觉得"现在放下心来,迎来了久违的现实感"。通过和那个女革命家的交谈,他明白自己当初的处境多么危险,而现在这种危险显然已经解脱。拉祖莫夫心想:"由那个神秘的兹米安尼奇替我垫背,真是天赐良机,再也不用撒谎了。今后我只要倾听,小心行事,尽量不表现出鄙夷不屑就行了。"①

　　第三阶段,照理说,有了兹米安尼奇做他的垫背,拉祖莫夫从此可以心安理得,高枕无忧了,只要他说话行事得当,就没有人会再怀疑他。虽然他安慰自己,从此不用再说谎了,可是内心深处有个声音告诫他:这种坦然的伪装,岂不是最大的撒谎? 这种无言的谴责来自哪里呢? 理智告诉他,是娜塔莉娅·霍尔丁那双诚挚的眼睛,纯洁无瑕的品格和她的整个形象所产生的巨大的精神压力。拉祖莫夫终于向她坦承:"我第一次见你时,仅仅过了一个钟头就知道结局会是什么样了……你第一次出现在我面前,你的音容笑貌对我构成了一种强烈的诱惑;与之相比,对悔恨、复仇、坦白、愤怒、仇恨、害怕的种种恐惧之情就不算什么了。"当拉祖莫夫亲自从娜塔莉娅·霍尔丁口里得知,她相信悔恨的作用,永远不会复仇,一点也不会时,就含蓄地告诉她,出卖她哥哥的不是无辜的农民兹米安尼奇尔,而是他——拉祖莫夫。拉祖莫夫离去后,霍尔丁小姐用微弱的声音喃喃自语:"哀莫大于此了……我觉得自己的心正在结冰。"②

---

　　① （英）康拉德:《在西方目光下》,赵挺译,上海译文出版社2014 年版,第 318 页。

　　② （英）康拉德:《在西方目光下》,赵挺译,上海译文出版社2014 年版,第 396 页。

拉祖莫夫离开娜塔莉娅后冒着大雨前往无政府主义
者朱利斯·拉斯帕斯家,向聚集在那里开会的俄国流亡
革命者宣布是他出卖了霍尔丁。革命者听了他的坦白后
大为震惊,鉴于他主动地坦白悔罪,他们暂不决定处置
他,让他自由离开。可是混在革命者当中的双面间谍、狰
狞的杀手尼基塔纠集了几个人,趁送拉祖莫夫离开时对
他施虐,致使他两耳失聪。他在回家路上又遭电车碾压,
造成严重伤残,幸好被几个好心人发现,送往医院抢救,
免遭一死,却落得终身残废。伤愈后,他定居于俄国南方
一个小城郊外,由善良的女革命者特克拉陪伴他、照料
他。据说,一些路过的革命者常常进屋探访他。

四、综合他人的印象表现人物的多面性

在《吉姆爷》中,小说先通过吉姆自身的言行和心理
活动,显示其思想性格特征,后又通过其他修改者的改动
来为他塑形。

小说通过吉姆自身的行为表明,他是个有理想、自视
甚高,却意志不坚定,对自己缺乏清醒认识的人。他从小
就一心想成为了不起的出人头地的人,但是在面临危急
情况时,他却畏缩不前,事后又不承认自己胆怯。小说开
头描写吉姆在"远洋商船指挥员训练舰"当实习生时,就
滋生了对冒险生活的向往。但在一次面对飓风救人的训

练中,他却显得畏畏缩缩,致使教师以调侃的口吻批评他不果敢。他心里不服气,认为这是偶然的失误,将来某一天,他会比别人干得更出色。可是后来在帕特纳号船上,他又没能经受考验。在船舶面临危险之际,他背弃职责逃离了船舶。在这之后,小说通过马洛的眼光表现吉姆愧疚痛苦的心理活动和行动。小说通过吉姆的行动和心理活动,基本上勾勒出吉姆的思想性格及其道德面貌。

不过,《吉姆爷》是"康拉德的第一部伟大的印象主义小说"[1],康拉德采用了印象主义手法,通过不同人物的眼光,揭示吉姆身上种种隐蔽的特征。

小说开头通过全知视角,勾勒吉姆外部传神的特征:

　　他差个一两英寸到六英尺,体格健壮,他直冲你走来,双肩微向前耸,头朝前倾,而从眼底向上的凝视,令你想到一头正冲过来的公牛。他的声音低沉响亮,他那样子表现出一种顽固的自负,但并不咄咄逼人,他好像不得不如此,而且他显然对自己同对别人都是那样。他整洁得一尘不染,从头到脚,穿得一身雪白。他在东方各港口靠给轮船货商拉生意为

---

① A. J. Guerard: *Conrad*: *The novelist*, Havard University Press, 1979, p.126.

生,很有人缘。①

这段文字从陌生人的视角表现吉姆的外表、形态、衣着、神情和职业。通过叙述者的感觉,我们对吉姆获得一个笼统的印象:不同凡响!

接下来小说通过不同的人对吉姆的感觉和印象来塑造吉姆的形象。

在马洛眼里,吉姆是正派的、高尚的那类白人中的一个,他有理想、好强,由于一时的软弱没能经受险情的考验,但他决心赎罪,挽回荣誉和尊严。因此在马洛看来,吉姆是个值得同情的、失败的英雄。

马洛是小说主要的、基本上处于旁观者地位的叙述者,他自身是个老航海家,为人正派,在法庭上,他和吉姆开始接触,后来和吉姆有较多交往,对吉姆有较深入的了解。应该说马洛对吉姆的印象和判断是比较客观的,而他对吉姆的印象和判断,对读者理解这个形象起了主导作用。

除了马洛之外,小说还表达了其他人物对吉姆的感觉和印象。例如喜欢收集蝴蝶标本的商人兼博物学家斯

---

① (英)康拉德:《吉姆爷》,熊雷译,人民文学出版社 2004 年版,第 1 页。

坦因,在和吉姆接触之后,认为吉姆是个值得同情的浪漫主义者;吉姆的妻子珠宝儿则认为吉姆是虚伪的,因为他口口声声说爱她,最终却为了他那个空虚的理想而抛弃了她。

　　显然,读者只有把吉姆自己的行动和内心活动以及许多人物对他的感觉印象汇总起来进行分析比较,才能对这个人物做出比较准确的判断。

第四章　道德视角下的心理探索
　　　与哲理内涵

　　康拉德小说有两个显著的特点：一是侧重揭示人物的内心世界，即他的心理探索艺术；二是小说内涵偏重哲理性。而这两方面无不渗透了他的道德意识，也就是说，他的心理探索的底蕴在于揭示心理的道德内涵，而他的作品的哲理性也带有浓厚的道德意味。

第一节　心理探索的道德内涵

　　康拉德小说的心理探索不只是单纯展现人物对外在世界的感应，而且关注人物心理活动过程显示的喜怒哀乐，注重揭示这些情绪的道德意蕴，或明或暗地对其做出评价。

一、对理想破灭后颓唐、绝望心理的反讽

在这方面最具有代表性的作品是康拉德的处女作《奥尔迈耶的愚蠢》和他早期的短篇小说集《不安的故事》中的《傻子们》（或译《白痴》）。《奥尔迈耶的愚蠢》的主人公奥尔迈耶是荷兰籍移民，经父亲安排，他年纪轻轻便离开荷兰，跟随英国水手林格（号称"海大王"），闯荡东南亚一带。林格消灭了一群马来海盗，把海盗头子的孤女收为养女，后来把她许配给奥尔迈耶。"拉郎配"的婚姻为这对青年男女日后的生活埋下祸根。结婚后，他们生下一个混血女儿，取名尼娜。这女孩长得漂亮，又聪明伶俐，活泼可爱。奥尔迈耶把她看作掌上明珠，尼娜长大后，奥尔迈耶和林格把尼娜送到新加坡接受西式教育。不料因为尼娜是个混血儿，受到西方白人殖民者的歧视。这对自尊心极强的尼娜是个沉重的打击，使她对西方殖民者怀恨在心，觉得他们是一群道德虚伪的家伙。可是奥尔迈耶一点不了解尼娜的心思，决定发财后把尼娜带回荷兰去，让她过上公主般的生活。尼娜却表示她不愿意跟随父亲回荷兰去，而且不相信父亲能实现发财梦。因为林格开金矿的计划只是个"画饼"，林格已年老体衰，根本没能力开金矿，甚至最近连身影也看不到。其实尼娜反对回荷兰，还有一个重要的原因：她已深深爱上马来

酋长的儿子戴恩,他们彼此爱得很深,没有什么力量能让他们分离。奥尔迈耶却竭力反对女儿嫁给一个蛮族的青年,越发想把女儿带回荷兰去。可是他明白他的发财梦已成泡影,他必须用强制办法拆散他们。有一次,奥尔迈耶得知尼娜和戴恩在林中草地上幽会,便乘船前去。他用强硬的口气命令戴恩离开尼娜,戴恩却说,他死也不会离开尼娜。奥尔迈耶一气之下拔出手枪指着戴恩的额头强令他离开,不料戴恩也拔出手枪指着奥尔迈耶:"我死也不会离开!"他们互相用枪指着对方,僵持了好一会。最后奥尔迈耶把枪放回口袋,悻悻然转身离去。他疼爱的女儿竟敢背叛他,发财梦又已成为泡影。奥尔迈耶心灰意冷地把未竣工的新房子(本准备用来做贸易的办公室)放火烧了,还染上吸食鸦片的恶习,最后在抑郁中死去。

另一个短篇《傻子们》因篇幅较短,坊间又不见译本,不妨介绍一下它的故事情节。这篇作品采用全知视角叙述故事。

一开头,叙述者说:我们乘车途经一个乡村时,发现路旁有两个十余岁的傻子,后来又发现两个:一男一女。车夫说,他们一共四人,都是一个富裕农民的孩子。如今,孩子的父母已死,由外婆抚养。他们神志不清,白天在野外游荡,到了黄昏时节,和一群牲口一同回家。这故事引起我们的兴趣,经打听,整个故事是这样的:

青年农民吉安·皮尔勒·贝卡多从部队复员回家后,看到父亲年老体衰,农庄和住房荒芜衰败,决心加以整顿。不久便改善了农庄的经营,住房也已修缮一新。贝卡多娶了商人的女儿苏珊。苏珊的妈妈勒委利太太经营石材生意,在家旁边开了间食杂店,便利石场工人消费。贝卡多结婚时,大宴宾客,热闹了好几天。一年多后苏珊生下一对双胞胎男孩,年轻夫妇甚是欣慰。不幸的是,婴儿稍大以后,显得痴呆,从不笑,也不认父母,目光呆滞。贝卡多是共和派无神论者,但是,为了以后老婆能生个正常的孩子,只得皈依宗教,巴结神父们,求上帝保佑,让老婆生个正常的娃娃。可是,此后苏珊生下的另一个男孩和女孩又都是傻子,贝卡多的心全冷了。苏珊既要忙家务,又要照顾白痴娃娃和年老体弱的公公。他们对自己的厄运感到痛苦悲伤,还要忍受他人的嘲笑或无济于事的怜悯。贝卡多白天在田野里忙农活,但一回到家里,看到一群痴呆的孩子,便万分懊恼。一天晚上,他们驾车从外地回来时,路经教堂旁边。贝卡多跳下车,走到教堂大门外,发现四周空荡荡、静悄悄的,不见一个人影。他不断摇撼教堂大门,咒骂神职人员,说他们是骗子,百般诅咒嘲讽宗教。他叫苏珊下车来和他一道诅咒。但虔诚的苏珊对他的渎神行为感到惊恐,不理会他,于是被他摔倒在车上。

一天晚上,勒委利太太正在喝酒,对在她的小店里喝酒喧哗的工人感到厌烦,正想方设法让他们结束吵闹,离开小店,好让自己躺下睡觉。忽然,听见敲门声,不一会,门开了,女儿苏珊一身泥水,神情疲惫,茫然地走进来,一声不吭。工人们十分惊讶,一个工人说,她像个半死的人。勒委利太太十分震惊,问苏珊怎么回事。她不说话。工人们还在看热闹,勒委利太太喝令他们离开。好半天苏珊才回答她母亲的话:她把丈夫杀了,因为他还要让她生孩子,不断纠缠她,她便用剪刀刺他的喉咙,可他还站着,到她离开时都没倒下。

勒委利太太听后,犹如晴天霹雳,数落女儿干了蠢事,让她蒙受耻辱,见不得人。勒委利太太还说,宪兵马上会来抓她,他们会要她的命,她再也躲不了。勒委利太太拿起大雨伞和长围巾,说要去找牧师。这时苏珊转身冲出屋子。苏珊的疯狂行为让勒委利太太担心,在她呼喊女儿时,苏珊已朝海滨走去,滚下海滩上的石头斜坡。苏珊还挣扎了好一会儿,起初神志还清醒,说她不想死,要回家去,向人们说清楚,这到底是怎么回事;她不想落一个杀夫的臭名。在这一过程中,苏珊的意识中浮现出比她对她母亲说得更详细的情景……丈夫想要和她交欢,她不愿意,却又无法抗拒,只好准备了一把长剪刀对付他……尽管奋力挣扎,在挣扎过程中看见丈夫的幻影,让她觉得丈夫没死,跑到海边来找她。最后,苏珊葬身于大海……当人们抬着苏珊尸体的担架从海边走上斜坡时,勒委利太太带着一把雨伞,向侯爵哭诉,她只有一个女儿,死后竟不让她葬在教堂公墓。骑在马上的侯爵答应,会向教区牧师转述她的意思,苏珊肯定是神志不清才闹出这乱子来。说着,侯爵骑马离开。

以上所举两篇作品的主人公具有相似的命运:因承受不了理想破灭的打击而落得悲剧结局,同时陷入颓唐、绝望心理而不能自拔。作者写他们的悲剧命运和悲剧心理,似乎向人们提出一个道德问题:人类究竟如何面对命运的打击? 这本是一个古老的问题,早在两千多年前的古希腊时代,悲剧大师索福克勒斯便在他的经典性悲剧作品《俄狄浦斯王》中提出这个问题:人应该如何面对命运? 悲剧主人公俄狄浦斯以其亲身经历表明,尽管一个人具有向命运抗争的坚强意志,但终究敌不过命运的播弄。俄狄浦斯出自善良的愿望,追查造成忒拜城灾难的原因,最终发现灾难的制造者竟是他自己。他刺瞎双眼,自我放逐,以此向天下苍生谢罪。索福克勒斯表达了那时人类的宿命论观点:只要一个人得罪神,就会受到神的惩罚。因此人类是无法和命运(神的意志)抗争的,但是,人类毕竟显示了向命运抗争的坚强意志和毅力,这就表明了,尽管人类无法战胜命运(也就是神的意志),但人类是不可屈服的,这就是古希腊悲剧家彰显的人文精神。

在西方历史文化映照下,现代人的心理越发显得脆弱,一旦自己的愿望不能实现,心理防线就垮了。气急败坏之下,要死要活。何况他们的愿望是如此渺小:奥尔迈耶的愿望不过是发大财,暴富之后携带女儿离开令他厌烦的东方世界,荣归故里,让女儿过公主般的生活。农民贝卡多的愿望是实现小康式生活,有个幸福美满的家庭。和古代忒拜国王俄狄浦斯相比,他们的心胸何等狭窄,目光何等短浅! 而他们面对的命运又是怎么回事呢? 奥尔迈耶面对的不过是自己制造的灾难,他的发财梦源于义父一句话:挖金矿,殊不知此时的林格已不是当年的海大王,他已年老体衰,挖金矿的宏愿不过是句空话,毫无现实依据,奥尔迈耶的发财梦怎能不落空呢? 两手空空,如何荣归故里? 而且,他越是要把女儿打造成西式女郎,女儿越是反感西方文化。现实的一切都和奥尔迈耶的愿望相抵牾。他的悲剧是他自己造成的,一切源于他的愚蠢,所以来往于潘台河上的水手给他为未来的宏愿建造的新房子取名为"奥尔迈耶的愚蠢",这暗示了作者对其悲剧命运的嘲讽。

至于《傻子们》的主人公,农民贝卡多和妻子苏珊,在康拉德看来,也许有值得同情惋惜之处。和奥尔迈耶不同,贝卡多和他的妻子靠自己的辛勤劳动实现美好生活的愿望。本来,他们的人生没什么可抱怨的,问题在于他们接连生了几个智障娃娃。这个医学上的难题在作品里成了命运捉弄人的象征。若没生下这群痴呆娃娃,他们的生活应该是美好的,可是他们偏偏要面对自己生下的这群痴呆孩子,这就使他们不得不面对一个严肃的问题:如何应对生活中的灾难,或者说如何面对命运的打击?在作者看来,他们的所作所为,他们的心理反应显示了人类的怯懦和愚蠢。他们把生活中的灾难看得过大,过于严重,以致被它压倒,陷入绝望的深渊。因为他们的心理防线垮了,理智便无法控制情感,无法以坚强的意志面对生活的灾难,出于感情的冲动,接连做出疯狂的事来。悲剧便由此产生,而他们的悲剧蕴含的道德意蕴也远比《奥尔迈耶的愚蠢》突出。

二、负罪救赎心理彰显的道德意蕴

在这方面有两部长篇小说显得比较突出,一部是早期的《吉姆爷》(1900),另一部是中期的《在西方目光下》(1911)。这两部小说的主人公吉姆和拉祖莫夫的负罪感和救赎动机都源于道德意识的觉醒。诚然,他们的负罪感和救赎愿望不尽相同,但都显示了相同的目标:希望在道德上获得新生,回归正常的人生。

《吉姆爷》的主人公吉姆是个有道德理想的水手,他一心要做一个英雄,但他在面临危险的局面时缺乏胆识和勇气。在担任"帕特纳号"的大副时,他们的船和一艘沉船相碰,出现了故障,德国籍船长和其他几名管理人员弃船逃生。起初,吉姆鄙视他们这种贪生怕死、不负责任的可耻行为,但当他发现"帕特纳号"像是要往下沉时,也动了弃船逃生的念头,正在犹豫不决时,下面小艇上的同事不断催促他,最后他做出弃船逃生的决定。乘小艇离去时,吉姆还不时回头张望,看"帕特纳号"是否已经下沉;若是没事,他决定游回去。可是在夜色朦胧中,他们在远处难以判断船上的情况。他们到达亚丁后,向有关部门报告,"帕特纳号"已失事,于是管理部门就不处理他们。滑稽的是,次日,"帕特纳号"安全抵达亚丁湾,原来它受损并不严重,没有下沉,被过往的船只发现,拖至海港。这就使问题变化了。经亚丁法庭审理,船长被勒令停用执照三年,吉姆受到严厉斥责。尽管吉姆没被吊销执照,但有了这个污点,今后要在正规商船上求职,很困难。更使他难以忍受的是,从此他背上"贪生怕死的叛逃者"的臭名,这使他觉得在"帕特纳号"的那一跳,仿佛跳进万丈深渊。他觉得自己的人生巨变只源于那一念之差。但为什么那一念之差偏偏在紧急关头左右他的心智呢?早在远洋船的训练班时,他在一次紧急救援训练活动中也因一念之差,没能像那个优胜的小伙子那样,一鼓作气跳进凶险的浪涛中进行营救活动,而是愣愣地站在一旁发呆,以致受到教师的调侃。看来,他满怀的壮志豪情是被自己的怯懦本性击得粉碎,这样他便走出了长期以来陷入的对自己的过错半是掩饰,半是出于糊涂观念的模棱两可状态,明确了自己无可辩解的罪责,而勇于承担自己在法律上,特别是道义上的责任。"帕特纳号"事件给吉姆上了道德上深刻的一课,让他看清了自己的真实面貌。康拉德认为,一个人最难的就是认识自己。因为吉姆自己有清醒的认识,感到自己在"帕特纳号"事件中背弃了海船上的道德原则,因而产生道德上的负罪感,于是萌生赎罪的动机。所谓"赎罪"指道德上的救赎,即纠正道德上的过错,从此走上健全的人生道路。吉姆意识到自己的怯懦本性,来到马来人聚居的帕图森岛之后,有意识地磨炼自己的心智。他站在多拉明部族一边,对为非作歹的阿朗酋长及其爪牙采取坚决的斗争。在吉姆的辅佐下,多拉明酋长打败阿朗酋长,解放了受其奴役的民众。从此,吉姆的威名大振,不仅深得多拉明的信任,而且备受土著民众的尊敬,被尊称为"爷"。

不幸的是,过后不久,他再次丧失道德上的尊严。这一次源于他的"轻信",中了白人海盗布朗的奸计,背弃他向多拉明部族许下的诺言,使他们蒙受巨大的损失,因此,吉姆失去多拉明及其部族的信任和尊敬。

"帕特纳号"上那一跳,吉姆仿佛跳入黑暗的深渊,他好不容易才走出黑暗,重获光明,可是在帕图森,多拉明的那一枪,使他万劫不复,永远失去了人格的尊严。尽管在客观上吉姆背叛多拉明部族,可主观上并未背叛他的道德原则。悲剧的产生源于他的"轻信"。

《在西方目光下》的主人公和《吉姆爷》的主人公经历的事件和心理状况不同,他们的负罪感和救赎心理也有很大差别,但是,在他们的心理发展变化中,同样经历了负罪感的形成和救赎愿望的产生这两个阶段。尽管他们的负罪感的内涵和救赎的方式有差别,但都揭示了道德意识的觉醒,表明他们都期望自己成为道德上健全的人。

对拉祖莫夫而言,从负罪感的萌发到救赎动机的形成并未经过复杂、漫长的过程,当他觉得自己有罪,心里已积聚了巨大的痛苦和压力,他若不把压在心坎上的罪恶感排除掉,会发疯甚至自戕。如何赎罪,答案很简单:向他心仪的那个"女神"坦白、自首。走向这一步的结果如何,他没多加考虑,他直接向霍尔丁小姐坦白:出卖她哥哥的正是他。自然,听到这个可怕的坦白之后,霍尔丁小姐犹如五雷轰顶。但拉祖莫夫并不顾及这点,紧接着他向正在聚集开会的流亡革命者大声宣告:出卖霍尔丁的是他拉祖莫夫。

拉祖莫夫的赎罪方式就如此简单,但走出这一步,就把生死置之度外。随后肉体上遭受的伤残已无足轻重，因为他要的是精神上的解脱，值得庆幸和欣慰的是，这点他做到了，他的灵魂得救了！

三、孤独心理显示的道德内涵

康拉德小说表现的孤独心理显示了深刻而复杂的道德意涵。它主要有如下三种类型：

其一，道德上失足后的孤独。《吉姆爷》的主人公吉姆开始并不孤独，而是"孤傲"。他总觉得自己了不起，是个当英雄的料，傲视他人，对他人的才能和表现不屑一顾，认为自己会表现得更出色。这种自视甚高的孤傲性格，不仅使他不合群，而且使他忽视自身的弱点，不注意磨炼自己的意志，增强自己应对危急状况的能力。因此，面临突发事件时，自身的弱点便暴露出来。"帕特纳号"事件不仅给了他深刻的教训，使他受到沉重的打击，而且使他从荣誉的幻想坠入耻辱的深渊。吉姆羞愧难当，觉得在众人面前抬不起头来。他从未感到自己会变得如此孤独。他怕见熟悉的人，在货船上当水上掮客时，为了避开熟人，他经常从一个码头转到另一个码头；他曾在一家碾米厂干得好好的，因发现"帕特纳号"上的轮机长也在那里干活，便立即辞去工作离开碾米厂。

正因为吉姆本是个自视甚高的人，一旦蒙受耻辱，便比一般人受到更大的打击,觉得加倍痛苦。正是他异乎寻常的孤傲性格使他不甘心长期处于屈辱、孤独的状态,他要洗刷耻辱,冲破道德上的孤独状态,赢回人格的尊严。所以当他来到马来人聚居的帕图森岛时,尽管起先也遭受种种磨难,但他意识到这是一个让他洗刷耻辱,重新做人的好地方。因为这里的人谁都不认得他,让他觉得仿佛来到另一个世界。虽然这里也有坏人,但是也有开明的酋长和善良好客的土著居民,他们需要他、欢迎他,经过一番苦斗,他终于赢得人们对他的信任、尊重,冲破了道德上的孤独,感受到人世间的温暖。但是因布朗率领的一帮海盗的入侵,他没识破敌人的奸诈狡猾,上当受骗,让土著头领和民众蒙受巨大损失。他自知罪责难逃,便以死谢罪。

在探讨因道德上失足而陷入孤独心理时,《诺斯托罗莫》这部史诗式作品中的两个人物:莫尼汉医生和码头工长诺斯托罗莫是不可忽略的。

莫尼汉医生年轻时,曾被军人独裁者古斯曼·本托任命为军队的医务官。当时,没有一个在柯斯塔瓜纳任职的欧洲人受到那个大独裁者如此的厚爱。后来,有传言说,他和一个所谓篡权的阴谋活动有牵连,被古斯曼·本托投入监狱,他受不了酷刑,供出了他最亲密的朋友。这个不名誉的事件使他遭到众人的白眼。尽管他对自己的罪行讳莫如深,但是在内心深处,他像失足后的吉姆一样备受耻辱的煎熬。为了弥补自己的罪过,他行事谨慎、特立独行。他受到高尔德夫妇的善待、厚爱,被任命为桑·托梅矿的医官,经常是高尔德府邸客厅的座上宾。他救助伤员和一般患者时总是尽心竭力,像是要以此作为昔日耻辱的救赎。

至于小说主人公诺斯托罗莫,情况却复杂得多。他不仅凭自己外表的魅力在情场春风得意,而且以自己超群的智慧和本事为资产者、统治者服务,赢得他们的信任、赏识,他被米歇尔船长称为"拒腐蚀、永不沾"的难得人才。可是,除了空泛的名声之外,他什么也没有捞到,他意识到,在萨拉科的政治风云变幻中,在富人们争权夺利的搏斗中,自己只是一个被利用的工具。所以,只要有机会,他就要从富人的财富中分得自己的一杯羹。

尽管他在窃取桑·托梅矿的银锭时,为自己的行为找到冠冕堂皇的托词。但在占有银锭之后,他渐渐发觉自己处境的可悲。当他离开依莎贝尔港湾,泅水来到陆地,爬上古要塞,酣睡了一天一夜醒来之后,对自己的处境进行了零星、杂乱的反省,他想起乔治·奥维拉说过的一句话:"国王、部长、贵族,凡是有钱人,总是让老百姓一辈子受穷、受奴役。他们豢养穷人就像豢养狗一样,是要他们为自己打打杀杀,猎取财物。"①他承认,自己不过是富人豢养的一条狗,当他在城市与港湾之间的开阔地带,赤脚前行时,觉得无限孤独、凄凉,"被出卖了!被出卖了!"他对自己叽咕着,"没有人会关心,不如淹死算了,没有人会关心,除非孩子们,他想。但他们去了英国夫人家,根本不会想到他"。② 最使他感到孤独的是身份转换的后果:他从"拒腐蚀、永不沾"的工长蜕变为可耻的窃贼,他已无颜面堂堂正正地与人打交道,他把自己放逐了。

其二,在异国他乡因遭遇冷漠无情的待遇而产生的孤独心理。

在《艾米·福斯特》这篇小说中,主人公延柯·古拉尔在经历了九死一生的海难之后,漂泊到英国的沿海乡村布瑞泽特村。刚从海滩上爬上来时,一身污泥浊水,人不人,鬼不鬼,和村民又语言不通,他被视为怪物、疯子,备受欺凌、虐待。后来虽有个把好心人接纳他,但也只把他当作劳力。即使弱智姑娘艾米·福斯特怜悯他,帮助他,甚至嫁给他,也只是出于两性之间本能的冲动,而欠

---

① (英)康拉德:《诺斯托罗莫》,刘珠还译,译林出版社2001年版,第314页。

② (英)康拉德:《诺斯托罗莫》,刘珠还译,译林出版社2001年版,第319页。

缺扎实的思想情感基础。所以,当他们生下孩子后,延柯为了打破孤独状态,教孩子说家乡语言唱家乡歌谣,以便将来有个人可以和他说话,交流思想感情。艾米却觉得延柯的行为古里古怪,令人厌烦,从此疏远他,甚至当他患病、发高烧时也不理睬他,连一杯水也不给他喝,竟抱起孩子离开他,让他在无限孤独、绝望中死去。

延柯死前的孤独状态不是因为他在道德上犯了什么过错,而是因他遇见了薄情寡义、没有人性的布瑞泽特村村民。

其三,西方殖民者因内心空虚而陷入深沉的孤独。

康拉德的《进步前哨》表现西方殖民主义者在非洲的可悲状况。作品写的是一个号称"进步前哨"的贸易站的两名管理人员,主事的叫凯亦兹,他的副手叫卡利尔,这两个家伙在昏庸懒散方面不相上下。他们什么事也不干,白拿工资。附近一个村庄的酋长高必拉不时来看他们,对他们的态度像父亲般慈祥。凯亦兹和卡利尔都喜欢这位不可理解的老家伙。"作为这一友谊的结果,高必拉村子里的妇女们,一字单行穿过芦苇丛生的草莽,每天早晨向贸易站送来家禽、白薯和棕榈酒,有时候还有山羊。公司从来没有充分的粮食供应这个站,代理人必须靠地方上供给来生活。他们由于高必拉的好意得到了这些东西,日子过得不错。"①

　　但这样的好日子不久便结束了。一队凶狠的武装土著商人和贸易站发生矛盾,他们在晚上洗劫了贸易站,把那些喝了棕榈酒后酣睡的担任保卫任务的雇工全抓走了;有一个从高必拉村子里招来的雇工,因醒着被打死。这事激起村民的公愤,他们认为贸易站的白人招惹了那些坏蛋,村里的安宁被破坏,有一些人要冲到贸易站找那两个白人算账,经高必拉劝说,他们才没动武。但从此贸易站和村民的关系搞僵了,村民不再向贸易站输送物资。公司的汽船又一直不来,凯亦兹和卡利尔只能过着窘迫的日子:吃没盐的米饭,喝没糖的咖啡。由于食物短缺,他们的身体越来越糟,凯亦兹的腿发肿,他诅咒那些黑人,说要把那些黑人杀光,才能在这个国家生存下去。卡利尔受到热病的损害,不能再昂首阔步了。凯亦兹把最后十五块糖和半瓶白兰地锁在箱子里,声称"以备患病之需"。起初卡利尔没意见。但是,有一天中午吃了米饭以后,卡利尔放下咖啡杯子,说道:"岂有此理! 这回咱们可要喝一杯像样的咖啡。把糖拿出来,凯亦兹!"凯亦兹坚持糖要留着生病时用,卡利尔不同意,骂他是奴隶贩子、

----

　　① (英)康拉德:《进步前哨》,吴钧陶译,赵启光编选:《康拉德小说选》,上海译文出版社 1985 年版,第 9 页。

伪君子。你一言我一语,两人吵得很凶,卡利尔还向对方扔去一把椅子。矛盾愈演愈烈,凯亦兹起先躲进屋里,见对方要破门而入,赶快抓起左轮手枪,从墙壁上一个洞口钻出去。于是两人绕着走廊,你追我赶,最后竟互相对抗。一声爆炸声,凯亦兹的枪丢了,他以为自己负伤了,却发现卡利尔倒在地上死了。凯亦兹闯下祸后,整个晚上坐在椅子上发呆,"他刚才经历的一场感情的风暴产生了一种筋疲力尽的宁静之感"。他在内心经历了一场激烈的斗争,终于参透人生的空虚、无聊,他觉得:"直到此刻之前,他整个一生都像其余的人类一样,是许多无聊事物的信徒,他们都是些笨蛋;然而现在……他已大彻大悟了!他心中平安;他已经领悟了至高无上的哲理了……"①他在似睡非睡中迎来黎明。他在云雾缭绕中,走向房前的十字架,解下自己的皮带把自己吊死在十字架上。

小说以犀利的讽刺笔调描写白人殖民者在非洲贸易站的愚蠢行径,而这类贸易站竟被资产阶级媒体吹捧为向野蛮民族输送文明的"进步前哨"。他们百般吹捧这些为公司到处奔走,把光明、信仰和贸易带到地球的黑暗地

---

① （英）康拉德:《进步前哨》,吴钧陶译,赵启光编译:《康拉德小说选》,上海译文出版社 1985 年版,第 26 页。

带来的人的丰功伟绩。"可笑的是凯亦兹和卡利尔在百无聊赖中偶然看到贸易站里的旧报纸上登载的那些胡乱吹捧的报道之后,竟开始对自己有了更高的评价。"①

第二节　富于道德意味的人生哲理

康拉德以道德眼光审视人物的生活经验、人生遭遇或命运,使其蕴含的哲理性带有道德意味。

一、"两难选择"——面临棘手问题时的道德考验

在面对某些事件或场面时,康拉德小说中的人物常常感到不知所措、左右为难。在康拉德看来,犯难的不是事件本身,而是道德上的困惑。康拉德洞察人类面临这种窘况时的精神状态,在《吉姆爷》和《在西方目光下》两部小说里有生动而深刻的表现。

《吉姆爷》的主人公吉姆在"帕特纳号"上担任大副,因驾驶的船和一艘沉船相撞,船体受损,处于岌岌可危的状态。船长和几名同僚已跳进一艘小艇里,准备逃生,他

---

① （英）康拉德:《进步前哨》,吴钧陶译,赵启光编选:《康拉德小说选》,上海译文出版社 1985 年版,第 8 页。

们同时敦促吉姆往下跳。吉姆起初没答应，他鄙视这种不负责任、贪生怕死的行为。但当"帕特纳号"像是要往下沉时，在小艇里的同事催促下，吉姆横下一条心，弃船逃生。他这一跳终于铸成人生的大错。

《在西方目光下》的主人公拉祖莫夫在霍尔丁向他提出帮助出逃的要求时，面对了两难选择：答应他的要求，还是拒绝？起先，可能是他的自由主义思想作祟，和对同学友谊的眷顾，使他贸然答应霍尔丁的要求，但在行动中遇到困难时，他清醒过来了：他们本来是两条道路上的人，他没必要和霍尔丁捆绑在一起。不过这时，他也想到舆论的责备。但经过一番激烈的思想斗争，他终于做出告发霍尔丁的决定，从而摆脱"两难选择"的困局。

二、"人的品性不是天生的，而是后天养成的"

康拉德作品表明"人的品性不是天生的，而是后天养成的"。人的品性有好有坏，这就意味着人的品性有其道德内涵，并不是单纯的个性问题。显然这条人生哲理带有存在主义哲学意味。存在主义哲学认为，人先有存在，而后才有本质。也就是说，一个人成为英雄或坏蛋是自我选择的结果。《"水仙号"上的黑水手》中，老水手辛格尔顿、惠特、唐庚的道德品质有天壤之别。辛格尔顿不苟言笑，默默干活，他把船舶和全船水手的安全看得比自己的生命还重要;他干起活来一丝不苟,不畏艰难险阻,忠于职守。惠特装病,偷懒,以病骗取伙伴的同情和照顾;他不以自己装病偷懒为耻,反以此为荣,自认为他有本事;在他身上看不到水手的丝毫气质。唐庚更是刁钻古怪,极端自私自利,为达到自己不可告人的目的,煽动水手闹事。难道他们一生下来就是这样的品性么? 不是的。辛格尔顿的优秀品德是在长期艰苦、严格的水手生活中磨炼而成的;惠特的恶劣品性可能和黑人的生活环境、社会地位有关。而唐庚的流氓习气和他在贫民窟的生活经历有关;总之他们的品性是在生活环境中形成的。

此外,《间谍》中的那些无政府主义者为什么变得毫无人性,令人厌恶呢? 他们一生下来就是这种德性么? 不是的。就拿被同伙戏称为"教授"的那个矮个子来说,他本是某个专业学校化学实验的辅助实验员,因一生坎坷,备受挫折,形成了仇视社会现实的心理,声称要把这个社会炸得稀巴烂,然后在废墟上重建一个合理的社会。为此,他一心钻研制造雷管、炸药的技术,把造出来的雷管、炸药卖给他人,以实现他的恶毒愿望。维尔洛克用来破坏格林威治天文台的雷管、炸药便是他提供的。《黑暗的心》中的库尔兹本是个很有艺术才华的人,若任其自然发展,很可能成为有建树的艺术家。可是他放弃了艺术,走上为殖民主义者服务的道路。在种族主义、殖民主义思想驱使下，库尔兹在非洲那个特殊环境里成为一个穷凶极恶的家伙。

康拉德小说中努力揭明"一个人的品性不是天生的，而是后天养成的"人生哲理，富于道德意味，的确对人类具有警示意义。

三、"阴影线"象征人生的心智考验

《阴影线》(1917)是康拉德晚期富于哲理性的航海小说。康拉德把这篇作品献给儿子和与他同年代的其他年轻人，期望他们勇敢跨越自己人生的"阴影线"。

小说描写初次担任船长的年轻海员约翰·聂文以坚强不屈的意志和满腔的壮志豪情，率领全体船员克服了种种困难，特别是冲破了伯恩斯所说的前任船长阴魂的符咒，胜利到达目的地。这不仅意味着聂文在踏上人生征程之初经受住了严峻的考验，变得成熟了，而且有更深一层的象征意义——每个年轻人在踏上人生征程时，都难免要面对生活的考验，它像是阻挡前进道路的一条阴影线；只有坚定意志，鼓起勇气闯过去，才能走向光明的未来。这就是这篇作品的深刻寓意。

第三节 康拉德创作中的二元对立群体

在康拉德看来,世界是矛盾的对立体。他以什么准则来区分这个浑然一体、混沌的世界呢? 那就是道德、人性。

一、早期创作中的二元对立道德群体

康拉德的早期作品一般以人物的道德品性来揭示人物之间的矛盾或人物自身的内在冲突。

1.《奥尔迈耶的愚蠢》

康拉德的成名作《奥尔迈耶的愚蠢》主要展现了以奥尔迈耶为代表的西方白人殖民者和当地土著民族(主要是马来人)两个对立的群体。奥尔迈耶身上有西方白人殖民者的特征:怯懦、愚蠢、狂妄自大,戴恩和奥尔迈耶的妻子则有当地土著民族的特征:刚强、灵敏、谦卑、真诚。尼娜是奥尔迈耶与土著女子的女儿,自幼生活在两种对立的道德氛围中。年纪稍长后,尼娜渐渐感觉到在她周围两种人生观、道德观的对立。她对西方白人的虚伪深有感触,对西方社会没有好感。她爱上酋长的儿子戴恩,把他视为感情的依托,甚至是命运的依托,深信他将带她走出牢笼似的家,走向新的生活。

2.《海隅逐客》

《海隅逐客》表现了以航海家林格为代表的宽厚、仁慈和游手好闲的白人青年威廉斯极端自私自利的品格对立。小说通过两种道德观、人生观的对立、摩擦,表现了人性的丑恶与高贵的交锋,表明当一个人失去自我意志力,缺乏自律精神时,就会暴露人性的丑恶。

3.《"水仙号"上的黑水手》

这篇小说彰显了海洋精神与陆地恶习的对立。

"水仙号"上以老水手辛格尔顿为代表的海员吃苦耐劳,忠于职守,具有严格的自律精神和爱护团体的品质,与惠特、唐庚的好逸恶劳、放任自由、背弃团体等种种恶习形成鲜明的对立。

其实海员,哪怕是资深的老海员,都来自陆地,难免受到陆地环境的影响。但是他们来到海船上之后,就受到严格的纪律和道德原则的约束、熏陶,形成良好的品德和严格的自律精神。这才使他们能够战胜狂风恶浪的袭击,胜利完成航运任务。正如康拉德一再表白的,海员的优秀品质是他们在特殊的生活环境里形成的,这正是海洋精神的可贵之处,也是海洋精神成为道德理想的原因。

4.《吉姆爷》

这部小说的二元对立世界包含两个方面:其一是精神方面,即英雄主义思想与人类自身弱点——怯懦与轻信的对立,其二是自我与外部世界中邪恶势力之间的对立。

精神方面的对立,体现为主人公吉姆人格的撕裂:他怀有壮志豪情,希望自己成为英雄,但他生性怯懦,面临险情时,未能坚定意志、顽强奋斗,屡次临阵脱逃。自我与外部世界中邪恶势力之间的对立,主要表现为吉姆与白人海盗布朗之间的对立。吉姆对他过于轻信,对他的阴险恶毒毫无防备,以致受骗上当。

以上两方面归结到一点:吉姆的悲剧源于他自身的怯懦与轻信。

5.《黑暗的心》

《黑暗的心》的二元对立状况比较鲜明清晰,它表现为西方白人殖民主义者与非洲土著民族之间的对立。二者的对立以种族、民族的矛盾为基调,涵盖军事、政治、经济、文化上的对立等方面;二者的对立显得比较复杂,并且呈现胶着状态。

在西方殖民主义者眼中,非洲黑人是劣等种族,在智力上还处于人类发展的前期阶段,所以,非洲黑人被视为野蛮的民族。西方殖民主义者标榜他们向非洲输送西方文明,让他们摆脱野蛮状态,实际上他们打着传播西方文明的幌子,向非洲大陆实行军事上的侵略,政治上压迫,经济上的掠夺和文化上的奴役。小说通过马洛的见闻,揭示了西方殖民主义者的可怕罪行，表现了西方殖民主义者的腐朽本质。

这篇小说在西方殖民主义者与非洲土著民族之间的矛盾方面着重表现隐藏在表象之下的精神实质的对立：一方道德败坏，虚伪成性，专事欺诈，另一方则质朴诚实，保持了人类本真的精神状态；一方企图以西方现代文化占领对方的精神领域，另一方则固守自身的原始文化，并且以其特有的魅力征服对方。

二、中期创作的二元对立道德群体

康拉德的中期作品不只是简单地着眼于人物道德品性的对立，而是深入地表现不同社会群体在道德原则上的对立与冲突，这比早期作品更深刻地揭示了社会的内在矛盾。

1.《间谍》

《间谍》中有两个对立的道德群体：一方是以温妮母女和温妮的智障弟弟为代表的具有仁爱之心的普通市民；另一方则是以维尔洛克、矮个子"教授"为代表的无政府主义者，他们是十足的利己主义者、道德虚无主义者。维尔洛克是维系对立双方的纽带式人物。事件发展表明以维尔洛克为代表的这伙无政府主义者、道德虚无主义者是人类悲剧的制造者，是"仁爱"天堂的毁灭者。

2.《在西方目光下》

这篇小说表面上表现的是霍尔丁和拉祖莫夫因对
"友谊"的截然不同态度而引发的一场悲剧。实际上,矛
盾的产生,悲剧的形成源于他们信仰的差异。霍尔丁仇
视专制政治;而拉祖莫夫则反对革命,相信只有专制独裁
政治才能拯救俄国。霍尔丁的悲剧恰恰在于他轻信同学
之间的友谊,忽视了他和拉祖莫夫政治立场的对立。拉
祖莫夫在出卖霍尔丁之后,并没有换来政治上的自由和
事业的发达。而他后来的悔罪,也只是因为受到霍尔丁
小姐爱情的感召,并不意味着他的政治立场转变。

三、晚期作品中道德上的二元对立

康拉德的晚期作品,总的说来已不重视揭示不同社
会群体之间在道德原则上的对立、冲突。只有个别优秀
作品或如早期作品一样,表现人物之间道德品性的矛盾
(如《机缘》),或表现善良人物在恶势力侵害下走向灭亡
(如《胜利》)。

1.《机缘》

这部作品道德上的二元对立表现为女权主义与大男
子主义之间的对立。女权主义意识的体现者弗罗拉是银
行家德·巴勒尔的女儿,她本是个很有个性、很要强的女
孩,小时候为她父亲的好友菲恩斯夫妇收养,达五年之

久。菲恩斯太太是个女权主义者，她这个女弟子受其女权主义思想影响，那是情理之中。因此，弗罗拉从小就具有强烈的独立自主意识。其父入狱后，家庭女教师伊丽莎不仅欺凌、虐待弗罗拉，而且百般诋毁巴勒尔。当伊丽莎口出恶言，污蔑诋毁其父时，弗罗拉大胆提出抗议，竭力为父亲的人格尊严辩护。有一段时间，其父表兄为了私利，强把她拉去抚养，但给她非人的待遇。弗罗拉便大吵大闹，弄得他们鸡犬不宁。巴勒尔的表兄只好叫仆人把她送回菲恩斯夫妇家，由他们继续抚养。菲恩斯太太是女权主义者，却对这位颇有个性的女弟子极不尊重，弄得弗罗拉想跳崖自杀，幸好被人及时拦阻。但据弗罗拉自己说，不是因旁人的劝阻，而是担心跟随在身旁的那只爱犬和她一起往下跳，才断了自杀的念头。

　　弗罗拉爱上了菲恩斯太太的胞弟安东尼，在她和安东尼结婚之前，把将要结婚的消息禀告刚出狱的父亲。尽管弗罗拉向父亲陈述了安东尼的良好品格，父亲却反对这门亲事，一口咬定安东尼是个流氓、骗子，是看中弗罗拉年轻漂亮才引诱她。弗罗拉不顾父亲的反对，坚持嫁给安东尼。安东尼对巴勒尔极其尊重、照顾，特意在自己的船上为巴勒尔安排了一个舒适的房间。但巴勒尔一直对他怀有很深的偏见，对他总是板着脸，也从不叫他的名字，总是称他为"那个男人"。甚至在安东尼和弗罗拉结婚后,巴勒尔还一直怂恿女儿离开"那个男人",不然她以后会吃大亏。可弗罗拉表示,要她离开安东尼是不可能的。但实际上,弗罗拉和安东尼的婚姻并不和谐,毫无幸福可言。他们平时极少进行推心置腹的交谈,在公开场合,他们也极少交谈。弗罗拉甚至有跳海自尽的念头,因想到她死后父亲的处境才断了这个念头。她和安东尼的关系之所以不协调,主要因为他们的心灵难以沟通,缺乏共同的思想基础。诚然,安东尼爱弗罗拉,但从未考虑到她的人格的独立和尊严,没意识到她是个自主意识极强的女人。安东尼自认为是他们父女俩的救星和保护者,把弗罗拉看作附属物,甚至对她颐指气使,这使弗罗拉极为反感。弗罗拉觉得,安东尼出于仁慈,把她从一个悲惨的境地救出来之后,却又把她置于毫无自由幸福可言的境地。弗罗拉觉得,在这个世界上没有人真正爱她。她要的不是物质上的救助,更重要的是精神上、道德上的关怀。她觉得安东尼和家庭女教师一样,把她看作无足轻重的人物,漠视她的人格的独立和尊严。

弗罗拉与安东尼之间不幸的婚姻,因安东尼与"芬得号"一同沉没而结束。"芬得号"沉没后,叙述者"我"曾去拜访弗罗拉,发现不到三十岁的弗罗拉神态安详、愉快,显得比以前成熟得多。谈起往事,她说安东尼是个十足的好人。"我"问她,她写给菲恩斯夫妇的信上,不是说过她不爱安东尼,却毫不迟疑地要嫁给他吗?她说,她当时少不更事,说了些疯话,菲恩斯太太理应懂得年轻人的疯狂。不多久,她和曾任芬得号船大副,一向与她情投意合的鲍威尔结为夫妇,这正应了一句谚语"有情人终成眷属"。

2.《胜利》

这部小说道德上的二元对立表现为善良与邪恶的对立。

善良一方的代表人物是海斯特,一个瑞典哲学家的儿子,已破产的东方煤矿公司的退休职员。邪恶一方的代表人物是酒店老板,日耳曼人苏姆贝格和三个流浪者——琼斯、吕卡多和佩德罗。

海斯特受其父亲的怀疑主义哲学影响,对世间一切均持怀疑态度。虽然他性情古怪,使人觉得难以接近,但他乐善好施。谁有困难找上他,他都尽力相助。当他得知英国商人莫里森赖以营生的双桅帆船被葡萄牙海关扣押,将要被拍卖时,他二话没说,借钱给他把船赎了回来。谁料过后不久,莫里森回英国后得病去世了,消息传来,有些人便造谣说,莫里森是被海斯特害死的。散布这谣言最卖力的是酒店老板苏姆贝格,他经常在顾客中散布谣言,诋毁海斯特。

得知海斯特把酒店乐队里那个拉小提琴的英国女孩列娜带走后,苏姆贝格对他更是恨之入骨,从此他在酒店的顾客中更频繁地散布关于海斯特的谣言,并且给他扣上"拐带女孩,品性淫邪"的罪名。

不久,桑博兰岛来了三个不速之客。他们正是听信了苏姆贝格的谣言,误以为海斯特隐藏了一批财宝。他们就是为了夺取财宝而来的。起初,他们以威逼手段要海斯特交出财宝,海斯特坚称,他根本没隐藏什么财宝。威逼不成,这三个家伙便向海斯特和列娜动武。在争斗中列娜中弹身亡,这三个家伙最终也都丢了性命。海斯特孤身一人,不想在这残酷的世界活下去,便放火烧掉了房子,并且在烈火中自焚。

小说通过海斯特的悲剧人生,揭示了在冷酷无情的世界上,心地善良的人竟无立足之地,他们想以隐居来避开邪恶势力,求得自身的安宁,最终证明,这不过是痴心妄想。小说还通过列娜的牺牲,让海斯特明白,他对人世和爱情采取怀疑态度是错误的。列娜的死表明,她对海斯特怀有真诚、热烈的爱情。正如英国批评家利维斯所说:"所谓的胜利乃是对怀疑主义的胜利,是个生活的胜利。虽然胜利来得太晚,而且之后就是死亡,但这种悲剧性的反讽并没有削弱的意味,胜利是明白无疑的。"①

---

① (英)利维斯:《伟大的传统》,袁伟译,三联书店 2002 年版,第 337 页。

四、陆地与海洋的对立

陆地与海洋的对立是康拉德小说二元对立世界的一个显著特点。二者的对立不在于自然属性的差异，而是道德风气、精神状态的差别。在康拉德看来，只有运用伦理批评武器，才能真正揭示二者质的区别。

1.海洋世界是上帝真正的和平之乡

海洋世界何以成为上帝的和平之乡呢？

从海洋世界本身来看，它具有如下几个特点：

其一，一艘远洋帆船就是一个独立的小世界，船长具有绝对的权威，他的意志就是全船的意志。在一个相当长的航行日子里，全体船员就像一支独立的部队，随时准备和恶劣的天气进行殊死的搏斗，船长就是战斗的统帅，他的命令必须绝对服从。

其二，为了保证航运的胜利，全体船员不仅必须服从船长的指挥，而且必须自觉遵守船上严格的纪律。在长期的工作实践中，船员们已把海船上的纪律视为自我的约束；这种自我约束已成为个人的习惯。在这基础上，海员们形成了良好的职业道德：忠于职守，不怕牺牲，英勇顽强，与船舶结成生死与共的亲密伙伴关系。

其三，为了战胜恶劣的天气，胜利完成航运任务，海员们磨炼自己的意志和品格，还要努力掌握过硬的技术本领。这样,在长期艰苦的航运工作中,海员们就成为具有良好的气质和技术素养的特殊群体。

英国商船社精神就是英国海员在恶劣的环境中形成的优秀品格,它已成为海船上道德的标杆和榜样,它的英雄品质不同程度地体现在众多海员身上,例如,《台风》中的老船长,当强台风袭来时,他貌似呆滞,实际上表现出大无畏的淡定,面对狂风巨浪,沉着应战,视死如归。《"水仙号"上的黑水手》中的老舵工辛格尔顿在狂风巨浪中坚守岗位二十余小时,直到快要倒下了,才让人替换他。《阴影线》中的年轻船长聂文和茶房兰塞姆也是以惊人毅力战胜困难的英雄好汉。

海船上海员的自律精神,爱护集体、团结协作的团体精神,已成为一种特殊的文化品格,和陆地上的自我中心主义形成鲜明的对照,显示两个世界截然不同的精神面貌。海洋世界成为一个道德的灯塔,照耀着黑暗阴郁的陆地世界。

2.陆地世界:妒忌、贪婪、自我中心主义横行

海洋世界虽是现实世界的一部分,但它是特殊的、梦幻式的现实世界,有如"诺亚方舟"。康拉德小说里的陆地世界(主要是丛林地带和城市)才是世俗现实的写照。尽管它经由个人的感觉、印象呈现出来,带有想象性,但它仍保留世俗的特性,比如人们的社会关系、行为方式、情感欲望等。

　　在现代西方,除了法律和社会规章制度对人们的行为和思想带有强制性的约束力之外,宗教对人们的思想已越来越失去约束力,人们的道德观念越来越淡薄,在资本主义经济长期发展过程中形成强势的重商主义文化极大地推动人们对物质利益的追求。伴随资本主义兴起而产生的人文主义对个性解放、个性自由的鼓吹,与重商主义文化对物质利益的鼓吹,成为自我中心主义思想的温床。这就难怪在现代西方的陆地世界人欲横流、欺诈背叛行为成风。

　　康拉德的小说对陆地世界人性堕落、道德败坏的劣迹进行了较全面而深刻的揭示:

　　表现自我中心主义、利己主义的,如《海隅逐客》中的主人公威廉斯,《"水仙号"上的黑水手》中的黑人水手惠特和来自城市贫民窟的唐庚;

　　表现对物质利益疯狂追逐的,如《诺斯托罗莫》的主人公查尔斯·高尔德和诺斯托罗莫,《黑暗的心》中的主人公库尔兹;

　　表现人与人之间缺乏诚信,欺诈、背叛成风的,如《海隅逐客》中的威廉斯,《在西方目光下》中的拉祖莫夫,《吉姆爷》中的白人海盗布朗;

　　表现人们心灵紧闭,人与人之间缺乏心灵沟通,处于隔膜状态的,如《间谍》;

表现人们缺乏同情心，对陌生受难者冷漠无情的，如《艾米·福斯特》。

康拉德揭示陆地世界人性堕落、道德败坏，并不意味着他认为陆地世界里缺乏积极的道德力量，而是因为它为消极的反道德力量所压制，例如忠诚敌不过背叛、欺诈，道德理想敌不过物质利益的冲击。康拉德把陆地世界的阴暗面归结到一点——人与人之间缺乏诚信和同情心，这使人们备受孤独心理的煎熬，在面对厄运时觉得孤独无援、束手无策，因此伴随着孤独的是难以排遣的悲剧感、失落感和神秘感，对人世的悲观主义，怀疑主义便应运而生。这不仅是康拉德自身内在心理的折射，也是对十九世纪末二十世纪初西方社会心理的深刻写照。

3.康拉德揭示道德上二元对立群体的意义

第一，康拉德的意图在于揭示生活的真相，找出现代社会的病根，探寻它的出路。本书开头已表明，康拉德小说的伦理批评，旨在揭示道德风气的真相，他把伦理道德当作医治社会恶疾的灵丹妙药。这就意味着，只有揭示生活的真相，才能探寻它的解决之道。所以，"在康拉德看来，小说家的主要目标就是要以透彻的想象的眼光，使人们看见这些生活的方方面面，对他来说，光明与黑暗的混合是人类存在的已知和未知事物的秘密，他的目的就是要使人们觉察被强光照亮的地方、明显的现实，尽管它们可能是粗糙的、丑陋的,要么处于半明和阴影中的幽暗远景或被美和浪漫的迷雾遮蔽的神秘。去提升它们。只有注意到二者才有全面的目光,才知道生活的全部真实"。① 批评家斯朵弗认为,康拉德非常注重揭示生活的全貌,即它的光明面和黑暗面,认为只有这样才能了解生活的真相。这是探寻生活出路的前提和基础。这是康拉德孜孜以求地揭示道德上的二元对立群体,特别是陆地与海洋的对立的根本原因。

第二,康拉德在揭示道德上的二元对立群体时,明白二者是难以调和的,希望光明面战胜黑暗面的愿望,恐怕一时也是难以实现的。他不想以虚假的浪漫主义去安慰读者,只希望人们了解生活的真相,明白生活中存在光明与黑暗的对立,在思想上明确应支持什么,反对什么,这就有利于推动生活往良好方面发展。

第三,康拉德勇于揭示生活中的光明与黑暗,表明他既不是虚无主义者,也不是肤浅的浪漫主义者,而是具有深刻生活洞察力的现实主义者和满怀理想精神的浪漫主义者,他在更高层次上实现了现实主义与浪漫主义的融合。可以说,康拉德创造性地继承、发展了狄更斯的创作风格。

---

① R. M. Stauffer: *Joseph Conrad: His Romantic Realism*, Haskell House Publishers Ltd,1922,p.59.

第五章 康拉德对英国文学道德传统的继承和发展

作为罗素所说的"古板的道德家",康拉德的道德素养来自哪里呢？除了年少时受波兰贵族的道德传统影响之外，主要通过生活经历和广泛阅读英国文学作品，汲取了英国文学道德传统的要素。在这基础上，他根据自身的生活经验和文化观对它加以修正、发展。

第一节 英国文学道德传统概述

英国文学的道德传统应该说起始于文艺复兴时期莎士比亚的戏剧和诗歌。莎士比亚以人文主义的道德观作为评判生活的道德准则，这对后世英国乃至整个西方文学创作产生巨大的影响。就小说而言，最早把道德关怀引进创作中的，无疑是十七世纪英国平民小说家约翰·

班扬(1628—1688)。他的《天路历程》以幻想与现实交融的手法宣扬清教主义道德观。到了十八世纪,在启蒙主义思想启迪、激发下,随着对人性问题的关注,道德关怀更成为创作指导思想的要义。感伤主义小说家塞缪尔·理查逊(1684—1761)在创作中公开进行道德说教。生活于十八世纪末到十九世纪初的女小说家简·奥斯丁以其对英国现实主义小说承前启后的特殊地位,真正成为英国小说道德传统的奠基人。利维斯指出,她在创作中,"没有提出一种脱离了道德意味的审美价值,她对于生活所抱的独特道德关怀,构成了她作品里的结构原则,而这种关怀又首先是对于生活加在她身上的一些所谓个人性问题的关注……聪颖而严肃的她,把一己的这些感觉非个人化了。假使缺了这一层强烈的道德关怀,她原是不可能成为小说大家的"。利维斯进一步指出,要是说"决定简·奥斯丁小说形式的法则同决定乔治·艾略特、亨利·詹姆斯还有康拉德他们的一模一样,那倒是肯定说得通的。事实上,简·奥斯丁是英国小说伟大传统的奠基人"。[①]

　　进入十九世纪之后,英国小说的道德传统得到更充

---

① 　(英)利维斯:《伟大的传统》,袁伟译,三联书店 2002 年版,第 11～12 页。

分的发展,特别是在十九世纪前期,在方兴未艾的批判现实主义思潮推动下,道德关怀成为小说创作的中心主题,这使得小说的内容变得更丰富、更深刻,形式也更多样。特别是在批判现实主义大师狄更斯的创作里,伦理批评更有特色——它已成为作者批判现实的思想利器,不仅在思想上显得更深刻老到,视野更开阔,而且艺术表现丰富多彩。可以说英国小说的伦理批评在狄更斯手里变得更为成熟,也更富于战斗力。

康拉德坦言,他是狄更斯的崇拜者,他的创作深受狄更斯的影响,对于这点利维斯做了精辟的分析。

> 康拉德在某些方面极像狄更斯,以至于我们难以说出狄更斯的影响到底有多大呢。
>
> ……
>
> 明显的影响与同化并存,这意味着狄更斯的分量在康拉德的成熟艺术里……也许比一上来显现的可能性还更大得多呢;这意味着狄更斯也许推动了康拉德在艺术中发挥他俩相近的非凡想象力和表现力。①

---

① (英)利维斯:《伟大的传统》,袁伟译,三联书店 2002 年版,第 29~30 页。

由此看来,我们在分析康拉德与英国文学道德传统的关系时,突出康拉德和狄更斯的关系是完全合理的。

第二节　康拉德对英国文学道德传统的继承

康拉德对英国文学道德传统的继承关系影响到康拉德创作的主导精神和思想倾向,使康拉德创作始终贯彻伦理批评的基本精神。

一、把伦理批评作为小说创作的宗旨

狄更斯把伦理批评作为创作的宗旨,踏上文学道路以后,就赋予自己一项重大的历史使命:"他想要更正(社会的)错误,改革陋习,消除罪恶,想使他的创作对他生活的时代的有益变化产生影响。"①事实上,狄更斯对社会的每次批判,其意向经常是精神的变化,而不是社会结构的变化,显然这样的批评是道德批评。

康拉德那句宣言式的表白"揭示道德风气的真相,这应该成为所有故事的目标",明确宣告伦理批评就是他小

---

① 　(英)利维斯:《伟大的传统》,袁伟译,三联书店 2002 年版,第 29～30 页。

说创作的宗旨。这表明,他的创作宗旨和狄更斯是一脉相承的。这一宗旨的核心,就是要让小说创作对社会生活变化产生良好的影响。不过,由于所处时代不同,他们伦理批评的内涵和旨趣略有不同。狄更斯处在英国资本主义自由发展时期,虽然社会矛盾错综复杂,但整个社会欣欣向荣,社会阴暗面还只是局部的,所以,狄更斯只期望创作对社会的改良起到有益的作用。

康拉德处于英国资本主义的垄断阶段,英国海外殖民扩张势力趋于鼎盛时期,英国已成为"日不落"帝国。社会的繁荣、发展,科学的进步伴随着社会矛盾的尖锐化、复杂化,其显著特征就是物质文明的进步与精神文明的滞后形成明显的反差。由于宗教在精神领域的权威已失落,社会的精神约束变得松弛,资本主义发展带来的种种弊端,使英国社会处于分崩离析状态。对康拉德而言,揭示社会的弊端和罪恶,探寻社会的出路比狄更斯时代更为迫切。他已把伦理道德看作医治社会种种疾病的万灵药。用一句话说,他赋予伦理批评更重大的历史使命。

二、以道德的分野凸显社会人群的对立

狄更斯是个人道主义者,他以人道主义的善恶观来区分社会人群。问题是,孰善孰恶,在他不同时期的创作中略有不同。在创作早期,狄更斯认为,无论哪个社会阶

层都有好人和恶棍。例如从《雾都孤儿》主人公奥利弗·
退斯特的经历中,可以看出不同社会阶层人的道德面貌。
贫民习艺所的管理者是压榨穷人、孤儿的吸血鬼,连给孤
儿分粥的大师傅也是个凶相毕露、毫无同情心的家伙。
贼窝的头头老犹太费金和他的助手赛克斯更是杀人不眨
眼的魔鬼。在整个贼窝里,只有那个女贼南希人性未泯,
对可怜的奥利弗怀有几分同情心,在危急时刻能挺身而
出保护他。把奥利弗救出火坑的绅士布朗洛更是救助被
侮辱被损害者的"神仙教父"。他的善良秉性和仁爱精神
与那些形形色色的吃人恶魔形成鲜明的对比。

　　不过在十九世纪四十年代以后,随着狄更斯民主主
义思想的发展,他对社会的观察变得更深入,他摆脱早期
孤立、抽象的善恶观,从人的社会地位、经济状况和生活
环境来考察善与恶的内涵。这一时期作品中的善良人物
多半是中下层社会人士,特别是劳苦大众,邪恶人物基本
上是贵族、资产者。

　　康拉德一般不用善与恶这对抽象的道德概念,而直
接把伦理道德当作探测人性的标杆。所以他在创作中以
道德标示社会人群的对立。

　　比如在《"水仙号"上的黑水手》中,老水手辛格尔顿
作为对职责、对团体无限忠诚的英雄品格,与背离职责、
背离团体的惠特和唐庚相对立。在《间谍》中,以温妮母

女和斯迪威的仁爱主义,与维尔洛克之流的道德虚无主义相对立。

无论是狄更斯还是康拉德,表现社会人群的道德对立的目的都在于表现社会矛盾的深层次内涵,揭示人生的真相。

三、道德批判与道德理想相结合

狄更斯的创作中,对社会的道德批判与道德理想的展现始终紧密结合。它让读者不仅看到人性的邪恶,也感受到人性的善良,既因为受现实的阴暗面包围而感到压抑,又为现实中展现的光明而增强生活信心。例如,在《雾都孤儿》中,主人公奥利弗在经受了贫民习艺所生活的苦难,贼窝中种种折磨之后,最终投入布朗洛仁爱的怀抱,感受到人世间的温暖、生活的可爱。

尽管康拉德和狄更斯所处的时代不同,人性观也有差异,但康拉德从狄更斯的创作发现了一条生活真理:既然在社会人群中存在道德的对立,那就意味着存在现实与理想对立的因素。换句话说,道德批评与道德理想的展现是紧密联系的。所以在康拉德的创作中始终贯穿一条主线:在揭示人性丑恶的同时,也表现人性中的"神性"一面,不过,这两方面是从不同人物身上表现出来的。

四、对"道德纯洁性"传统的承袭

英国文学著作,特别是维多利亚时代的文学著作,以"道德纯洁性"著称。所谓"道德纯洁性"主要指对男女之间情爱的描写,不超越道德的规范,特别是避免关于性生活的描写,甚至连男女之间的拥抱、接吻的描写都要尽量避免。这种道德规范自然和英国的民族性有关,但也和英国近代图书流通日渐发达,人民大众文化程度的提升,家庭或某种场合作品朗诵的习惯的兴盛有密切关系。如果小说中有男女之间关系的不雅描写,会对人群,特别是对妇女、儿童造成不良的影响,至少令人觉得难堪。这种禁忌在英国已成为牢固的道德传统,被称为"文学创作道德的纯洁性",直到十九世纪末叶,它像一条不成文的法规为作家们所遵循。狄更斯的小说就是"道德纯洁性"的典范。

这种"道德纯洁性"为康拉德所继承、发扬。要知道,康拉德出生于波兰小贵族家庭,这样的家庭是比较注重道德礼仪的,这自然对年幼的康拉德产生耳濡目染的影响。到了英国之后,康拉德更受到英国文学讲究"道德纯洁性"的影响,把英国文学的这一传统贯彻到自己的创作中去。所以康拉德创作中为数不多的涉及爱情、婚姻描写的作品,如《机缘》和《胜利》,在对两性关系的描写方面都极其拘谨，这在西方现代作品中，的确显得比较突出。由于这点和他在别的方面的保守倾向，使得英美评论界对于康拉德是维多利亚时代作家还是现代作家，曾经发生激烈的争论。平心而论，康拉德受英国传统影响是不奇怪的，但这种影响并未在康拉德的作品中占绝对优势，恰恰相反，占优势的倒是他对现实的态度和表现艺术的前卫特点。

第三节　康拉德对英国文学道德传统的发展

由于时代不同，文化理念和道德观必然发生变化。因此，康拉德对英国文学道德传统的某些方面做出修正，甚至反拨是很正常的。这在客观上推进了英国文学的道德传统。

一、人性是"神性与劣根性的结合体"

西方传统的人性观经历了一个发展过程。在文艺复兴之前，基督教的"性恶论"神学人性观占统治地位，这种人性观认为，人类有"原罪"，因此人的本性是邪恶的。在文艺复兴之后，人文主义自然人性观认为，人的本性应该是亦善亦恶的，是"神性"和"兽性"的结合体，所以，现实

生活中的人,有的善良如天使,有的邪恶如魔鬼。不过这
两种人的数量并不多,大多数人则是亦善亦恶,并不是十
全十美。只是善和恶的因素在不同人身上所占的分量有
差别而已。人性的驳杂,主要因为受到生活环境的影响,
例如莎士比亚的著名悲剧《哈姆雷特》的主人公哈姆雷特
身上有人文主义思想的闪光,但也有较浓厚的与人文主
义精神相违背的情绪,例如厌世情绪、宿命感、封建等级
观念等。从本性来说,哈姆雷特既有善良、正直、进取向
上的一面,也有封建等级思想、男尊女卑思想和厌世虚无
的人生观。而克劳狄斯是封建王权和黑暗势力的代表,
集阴险狡诈、残暴狠毒、荒淫沉沦于一身。但克劳狄斯在
位期间似乎表现得精明干练,礼贤下士,他对王后也温柔
体贴。① 固然,莎士比亚人物性格构成的复杂性、多样性
和立体性,与莎士比亚这位戏剧大师独特的、天才的艺术
思维方式有关,但这也和他的人文主义人性观有密切关
系。人文主义把人从基督教神学的抽象观念中解放出
来,还原为现实生活中有血有肉的活生生的人。

到了十八世纪启蒙时代,法国哲学家卢梭主张"自然
人性说"。他认为,人性本善,是社会使人变恶,为了抵御

---

① 刘意青、罗经国主编:《欧洲文学史》第一卷,商务印书馆
2002 年版,第 266 页。

邪恶,人必须返璞归真。他的"性善说"人性观,对后世文化、文学产生了深远的影响。狄更斯便是卢梭的自然人性论的信徒。

在狄更斯看来,有些人能固守善良的本性,另一些人则受到社会文明的侵害,变得邪恶。因此社会中的人群不管哪个行业、哪个阶层,若从人性上看,只有善良与邪恶两类。在狄更斯笔下,大千世界由善与恶两极所支撑,物以类聚,人以群分,非白即黑,没有中间的灰色地带。

随着时间的推移,社会的发展,以及狄更斯对现实观察的深入,虽然他的善恶观和他心目中体现善恶的人群有所变化,但善恶两极及其核心观念并没改变。他把一切社会矛盾都归结为善与恶的斗争。在狄更斯看来,社会之所以变得混乱无序、矛盾丛生、是非颠倒,都是邪恶势力作怪之故。所以批判邪恶势力的败行恶德是他创作的首要任务。这样狄更斯的社会批评自然就成为道德批评。

康拉德不相信"人性善"的人性观,在他看来,人是"高贵与粗俗,神性与劣根性并存的结合体",所以,"一个人最不能相信的就是他自己"。[①] 从康拉德的人性观看

---

① (英)康拉德:《诺斯托罗莫》,刘珠还译,译林出版社2001年版,第237页。

来，"恶"已存在于人性中，不能归咎于人类社会文明。按照康拉德的人性观的逻辑，社会文明，比如习俗、法律、宗教、道德规范，是为了抑制人类天性中恶的因素而出现的。诚然，人类为了改善生活条件，需要不断创造物质财富，但在这一过程中，物质欲望无限膨胀，自然就会对社会产生危害。

由于人性观不同，康拉德和狄更斯对社会悲剧、社会灾难形成的看法便不同。在狄更斯看来，社会的混乱无序、社会的灾难是恶势力造成的。例如，《艰难时世》表明，社会环境的污染、工人生活的苦难是庞得贝这类狠心的、自私的资产者造成的。但是，人性本善，人的品性之所以变坏是社会环境造成的，一个人只要在罪恶的道路上走得不太远，在一定条件下，是可以变好的，比如《董贝父子》中的董贝在遭遇破产之后，受到女儿亲情的感化，又受到善良佣人的温情体贴，终于从钱孔里钻出来，恢复了和女儿的正常父女关系。《艰难时世》中的资产者葛雷梗则在经受孩子不幸命运的教训之后，从自己的"事实哲学"的迷雾中清醒过来；但是，品质恶劣的资产者庞得贝却死不悔改，最后死于非命。

康拉德则认为人的天性中既有善，也有恶，有可能成为英雄，也有可能成为恶棍，全看个人和所处社会环境的关系。《间谍》中的无政府主义者矮个子"教授"，不是一开始就是反社会分子,他原先是个技术人员,因遭受社会不公正的待遇,才变得仇视社会,专干破坏的勾当。温妮原是个对母亲、对弟弟,充满爱心的、善良的女人,但是当她得知智障弟弟被丈夫维尔洛克诱骗,去从事爆破工作而死于非命时,她在极度悲愤中杀死丈夫,成了杀人犯。事实上维尔洛克也不是蓄意谋害温妮的弟弟,斯迪威的死是偶然事故,因他不小心被树根绊了一跤,导致随身携带的雷管炸药爆炸才失去生命。这似乎表明,在康拉德的世界里,即使邪恶势力造成的灾难,也带有不确定性。而在狄更斯的世界里,邪恶势力造成灾难却是笃定的。

二、从道德乐观主义走向悲观主义、怀疑主义

传统的道德乐观主义在狄更斯的创作里表现得最为充分突出,这是因为:

1.狄更斯坚信善良必然战胜邪恶

在他看来,善良符合人性,邪恶是反人性、违背道德良心的。因此,邪恶之徒必然遭到社会舆论的谴责,为生活所抛弃。例如《雾都孤儿》中善良的奥利弗在历经磨难之后,否极泰来,为富于仁爱精神的绅士布朗洛所收养,从此过上安定、幸福的生活。恶毒、凶残的费金和赛克斯却落得悲惨的下场。

2.在狄更斯那里,理想主义与乐观主义是一致的

狄更斯不仅是理想主义者,而且是乐观主义者。他的理想主义是实在的,而不是玄奥的、虚幻的;是可以实现的,而不是可望不可即的。最根本的原因是,"狄更斯对这个世界所抱的唯一真正的希望是人民"。① 狄更斯的人生理想就是弘扬圣诞精神,建设一个人性化的、和谐的世界。人民大众不仅是激发他人生理想的主要因素,而且是实现他人生理想的依靠力量。正因为狄更斯的理想是基于对人民的坚定信念,所以狄更斯不仅是道德理想主义者,而且是乐观主义者。

3.狄更斯的浪漫气质与他的乐观主义相得益彰

狄更斯是个富于浪漫气质的作家,他不仅继承了卢梭的自然人性观,而且其气质也与浪漫主义相通。"乐观主义是一种独特的道德品质,源于浪漫主义对十八世纪表现于歌德笔下的梅菲斯特这一极端形式的批判与怀疑气质的反动……浪漫主义的反应意味着对人性中庄严的、高贵的和有价值的因素的再确认,对人的善良和伟大的再确认;这些由批判的理智所否定,却为敏感的心灵、

---

① （美）埃德加・约翰逊:《狄更斯——他的悲剧与胜利》,林筠因、石幼珊译,天津人民出版社1992年版,第739页。

富于同情心的想象所确认。"①

从狄更斯所处的时代看,尽管社会矛盾复杂尖锐,但是富裕、繁荣、生气勃勃毕竟是当时大英帝国的主要特征,这样的年代,自然容易催生乐观主义精神。

康拉德对英国文学道德传统中的乐观主义进行了反拨。

首先他对道德乐观主义观念中"善良必然战胜邪恶"这个基本观点持否定态度。在他看来,现实生活中大量事实表明,好人往往不得好报,坏蛋在为非作歹之后,却依然生活得很好。康拉德的创作揭示了生活的真实。法国作家、批评家安德烈·莫洛亚在《约瑟夫·康拉德》一文(译文附于《大海如镜》中文译本后面)中声称:"在康拉德的作品中,毁灭性的力量常常是战胜者。"②事实确实如此。康拉德各个时期的作品都表明了这点。

在康拉德早期作品中,这种毁灭性力量已成为造成主人公悲剧的重要因素。例如《吉姆爷》一文中,吉姆在帕图森本已干得很出色,深得土著居民的信任。可白人海盗布朗侵入帕图森,企图毁灭吉姆的事业。在第一次

---

① W. E. Houghton: *The Victorian Frame of mind 1830—1870*, Yale University Press, 1957, p.297.

② (英)康拉德:《大海如镜》,倪庆饩译,百花文艺出版社2000年版,第208页。

交锋失利后,布朗便使出阴谋诡计,使吉姆和土著居民遭受重大损失,导致吉姆失信于土著居民,造成悲惨结局。

在康拉德创作中期,作者对毁灭性力量的危害性进行更深刻的揭示。《诺斯托罗莫》中鱼肉百姓的统治者和一些人对物质利益的疯狂追求,《间谍》中无政府主义者的道德虚无主义,《在西方目光下》中的俄国专制独裁统治者和拉祖莫夫之流的利己主义人生哲学,都成为摧毁人类美好愿望和善良意志的毁灭性因素。

值得注意的是,到了晚期,康拉德已把这种毁灭性力量象征化、神秘化。《胜利》中康拉德把琼斯一伙看作毁灭性力量的象征,他们从外表到精神状态都异于一般人,带有非人的特性。他们以霸凌态势来到荒岛上,一心要夺取海斯特私藏的财宝,因而破坏了荒岛上和平的生活,摧毁了海斯特的人生理想和精神慰藉,致使他丧失生存的意志,决心追随列娜的英魂而去。

如果说在《吉姆爷》中,占上风的毁灭性力量只是个别人的话,那么,从《诺斯托罗莫》开始,这种毁灭性力量就不再是个别人了,而是强大的、控制人类命运的邪恶势力,例如对人的品性起腐蚀作用的对物质利益的贪欲和极端的利己主义。

在康拉德看来,人的劣根性是顽固的,所以一个人只要放松自我节制,或缺少外部因素的约束,这种劣根性便暴露出来,形成一股邪恶的力量,不仅把自我推向人生的悲剧,而且对周围的环境造成危害。《海隅逐客》的主人公威廉斯之所以成为十足的利己主义者,《黑暗的心》中的库尔兹之所以自我极度膨胀,以致背叛家庭,背叛西方文明,成为坠入"黑暗中心"的堕落分子,都是因为失去了自我节制力和外部因素的约束。

康拉德认为,人类的劣根性无法根治,它只能通过纪律的约束,使其收敛,最理想的是像英国商船社的船员一样,在长期艰苦的环境中,通过刻苦的磨炼,形成自律精神。但这是在特殊的条件下形成的,一般人是难以做到的。所以在康拉德看来,人类的悲剧和人类自身的劣根性有密切关系,这是他破除传统的道德乐观主义,对人生持悲观主义、怀疑主义观点的主要原因。

促使康拉德走向悲观主义、怀疑主义的因素是多方面的,对人性持悲观的看法只是一个基本因素。此外,康拉德所处时代的社会文化和康拉德家庭对他的影响,法国悲观主义作家福楼拜、莫泊桑等人的创作思想和叔本华的悲观主义哲学对他的影响,都是促使他走向悲观主义的重要因素。

三、反对传统文学的道德说教倾向

英国传统作家大都比较重视通过表现人物之间的伦

理关系,来表现自己的道德,以此实现作品对现实生活的干预。这样就难免产生道德说教倾向,甚至有个别作家,把文学创作当成道德教诲的工具,把文学作品变成神父、牧师的布道文。十八世纪英国感伤主义作家塞缪尔·理查逊的《帕米拉》(1740)就是道德说教倾向比较突出的一部作品,它的副标题明显标出"道德有报"。小说写出身贫苦的女孩帕米拉在一个有钱人家当女仆,女主人去世后,其带有花花公子派头的儿子 B 先生看中了帕米拉可爱美丽的容貌,常对她欲行非礼。但帕米拉洁身自好,不受 B 先生的诱惑。当 B 先生以优裕的物质条件为诱饵,要让帕米拉成为他的情人时,帕米拉义正辞严地拒绝,当 B 先生企图强奸她时,她竭力反抗,不让其阴谋得逞。经过一番周折,B 先生终于为帕米拉的品德所感动,改正了自己的错误思想和行为,从心里爱上她;帕米拉看到他的态度转变,也不知不觉爱上了才貌双全的 B 先生。最后 B 先生不顾他和帕米拉之间的门第、身份的差别,正式娶帕米拉为妻。这篇作品意在表明,坚守道德的人终有好报,这是赤裸的道德说教。

　　十九世纪的英国作家或多或少都有道德说教倾向,只是表现得比较含蓄、隐蔽而已。例如狄更斯擅长通过所谓"情感教育"来实现人物的道德新生,即善良人物(多半是善良的下层群众)对落难的资产者、富人或道德上失足"浪子"表示诚挚的关心、体贴和帮助,使对方感受到人间的温暖、善良纯朴精神的可贵,对自身错误进行反思,最后走向道德上的新生。《大卫科波菲尔》中的希普,《董贝父子》中的董贝和《艰难时世》中的葛雷梗,就是这类经受"情感教育"实现道德新生的人物。

康拉德对文学作品的道德说教极其反感,他一再表示,他的创作没有任何直接道德目的。他表明,"他没有愿望去谴责,去讨好或者去教训人类。艺术,而不是说教,是他的目标。他的任务是让人们看到生活。于是,他对伟大场面的表现,对他来说极其重要"。①

确是如此。我们在康拉德创作中看到一个五彩缤纷、光怪陆离的世界,没有发现任何道德说教的痕迹。在《诺斯托罗莫》中,艾米莉娅即使明白丈夫查尔斯在追求物质利益的道路上已走得很远,也没有劝说他迷途知返,只是默默忍受生活带来的不幸,按照她一贯的道德良心待人处世。《在西方目光下》中拉祖莫夫的转变,也是他自己接受了生活教训的结果。虽然霍尔丁小姐对他的转变起到积极的作用,但也只是受到她高贵的精神品格感召而已。总之,康拉德创作以对生活真实的揭示去启发读者、感染读者,而不是凭借枯燥的道德说教,直接诉诸

---

① R. M. Stauffer: *Joseph Conrad: His Romantic Realism*, Haskell House Publishers Ltd, 1922, p.86.

读者的理智。从"道德说教"转向对生活真实的表现,不只是伦理批评的目标和方式的变化,而是注重伦理批评融汇于艺术思维的结果。这应该说是康拉德对英国文学伦理批评的推进,对英国文学道德传统的重要发展。

四、彰显悲剧格调的创作风格

英国传统文学,特别是狄更斯的小说创作与其道德乐观主义相对应的是,形成了喜剧或悲喜剧风格,故事多半以大团圆结局,坏人最终受到惩罚,好人则否极泰来。

康拉德在其悲观主义思想引导下,着重揭示生活的悲剧性。"假若读者对他(康拉德)说:'你自己的故事主要是悲剧,因此你似乎认为生活是悲剧的。'康拉德会回答说:'从许多角度来看,生活是悲剧的,但是,作家觉得,他也许依然感到不加考虑的冒险的愉快。'"①

尽管康拉德极其看重伦理道德对治疗社会种种病痛的作用,但他的创作并没有让我们看到生活的喜剧和令人振奋的希望。恰恰相反,他的创作多为令人灰心丧气的悲剧。从整体而言,他的创作呈现出悲剧格调,导致这样的因素大致有以下几方面:

---

① W.F.Wright:*Romance and Tragedy in Joseph Conrad*, University of Nebraska Press,1949,p.2.

1.理想脱离现实酿成的悲剧

《奥尔迈耶的愚蠢》中奥尔迈耶的悲剧,就在于幻想脱离了现实。在康拉德看来,幻想是人类的本性;人类若脱离幻想早就停止前进了。幻想本是件好事,但是人们如果一味耽于幻想,不看现实情况,就会带来灾难。在康拉德的其他作品中都或多或少地涉及幻想与现实的矛盾问题。

2.人类自身的劣根性是催生人类自身悲剧的主要原因

康拉德通过对人性、人类生活的考察得出结论:在许多情况下,人类的悲剧是由人类自身的劣根性造成的,任何社会改革都无法改造人类自身的劣根性。所以在他眼里,人类的悲剧是不可避免的,甚至是永恒的。这有几个原因。

首先康拉德认为人类的愚蠢、怯懦和残忍造成了人类的悲剧。如果说《在西方目光下》揭示了俄国专制独裁政府对人民施行的残暴统治,显示了人类的愚蠢、怯懦、残忍本性的话,那么《进步前哨》《黑暗的心》号称自由、民主的西方国家在非洲的殖民主义统治,不也同样显示了人类的愚蠢、怯懦、残忍本性吗?康拉德的可贵之处在于他不为政治问题所蒙蔽,而是揭示生活真相蕴含的人性底蕴。

其次,康拉德认为,自制力的缺失,个人主义的恶性

膨胀,不仅导致自我沉沦,而且对社会造成危害。在康拉
德看来,自制力的缺失是人性的一大弱点,所以他认为,
"人类最不可相信的是他自己"。他深知人类的弱点:自
己管不了自己,必须有外加的约束机制,例如法律,各种
制度、习俗、道德规范等。一个优秀的民族,必然是具有
严格自律精神的民族。英国商船社的海员在长期艰苦的
斗争中,在严格纪律约束下形成了良好的自律精神,而西
方社会长期推行的民主自由体制,助长了自我中心主义,
放任自由,我行我素的恶习,其结果是自律性差,自我节
制力缺失。《海隅逐客》中的威廉斯和《黑暗的心》中的库
尔兹便是这类人物的典型。

康拉德通过人类道德理想破灭的种种事实表明,人
类想要完善自己是多么困难,多么艰辛。但是,即使面对
如此黯淡的前景,还是有人坚守道德原则,为这个混沌冷
漠的世界撑起一片蓝天,为苦难的人们带来温暖和慰藉。
查尔斯·高尔德的妻子艾米莉娅就是这样的人,尽管她
相信莫尼汉医生向她展示的因痴迷物质利益而造成巨大
社会灾难,她并不自暴自弃,仍旧一如既往地关心他人胜
于关心自己,这无疑给康拉德的悲剧性世界带来几分喜
剧色彩。

3.海洋世界的道德理想难以融入陆地世界

在康拉德眼里,陆地世界是罪恶的渊薮,海洋世界是

上帝的和平之乡。康拉德构建这两个道德上鲜明对立的世界,意在表明尽管陆地上罪恶丛生,但他要让人们相信世界并不是一片黑暗,人类并不都是可怜虫。瞧,海船上光华四射,船员大都是英雄好汉。因此,海洋世界就如一座灯塔,为陆地世界这艘人类的航船指明航向。遗憾的是,人类这艘破旧的船并不按灯塔指明的方向前进,它总是摇晃颠簸,不知驶向何方。伍尔夫用理性批评的语言点破了康拉德道德理想的虚妄。她指出:"康拉德虽然坚信,这个'世界是建立在几个非常简单的思想观念上',但读者'到哪里去寻找它们呢? 在客厅里,可没有桅杆;台风也不会来考验政客和商人的存在价值。到处探索,却已找不到这样的支柱了。'"[①]这表明,康拉德在海洋世界里发现、建构的道德信念,不会为陆地世界的精英阶层接受,它难以融入陆地的精神世界,甚至连海员的家属都不了解他们的亲人在远洋航行中工作的艰苦,不理解他们精神品质的可贵。例如《台风》中老船长马克惠惦念家里的亲人,每月都写一封信,向他的爱妻报告他的生活情况,但他的妻子接到他的信后,没有耐心细读,只走马观花地浏览一下,就把信丢在一边。她最不能容忍的是,她

---

① (英)伍尔夫:《论小说与小说家》,瞿世镜译,上海文艺出版社 2000 年版,第 191 页。

丈夫回家后打算多住几天的想法。连海员的亲人尚且都不理解他们的精神品质,怎能让一般人去尊崇、接受海洋世界的道德理想呢?

　　具有讽刺意味的是,固然海洋世界的道德理想无法融入陆地世界的现实生活,陆地世界的恶习却很容易向海洋世界渗透,并对其产生恶劣的影响。《"水仙号"上的黑水手》中的惠特和唐庚便把他们从陆地世界沾染上的利己主义、个人主义恶习带到"水仙号"船上,破坏了船上水手的安宁和秩序,破坏了他们的团结。

第六章 古板道德家与现代派之间的纠结

康拉德一身二任:他既是古板道德家,又是具有前卫意识的现代主义作家。显然,古板道德家与现代派对社会人生的艺术存在评价不同,甚至对立的观点。这成为康拉德创作内在张力的根源。

第一节 古板的道德家与前卫意识的现代主义者

康拉德的同时代人英国哲学家伯特兰·罗素曾对康拉德做过较全面的评论。罗素认为,康拉德"还不是现代的",他"虽然具有强烈的政治情感,但是他对政治制度并不怎么感兴趣","在政治上也绝不会同情革命者"。罗素还具体谈到康拉德的两部著作。在他看来,如果说《黑暗的心》以其对人性的探索，"最完整的表达了康拉德的人生哲学"，那么康拉德在《间谍》中对无政府主义及其相关问题所做的种种思考，则充分表明了康拉德不仅是一位"有点贵族气派的波兰绅士"，更是"一位十分古板的道德家"。[①] 这说明了康拉德思想独特性。

从以上引文可知，罗素对康拉德的评论提出了两个重要的观点：一来认为康拉德"还不是现代的"，理由是，他"对政治制度并不怎么感兴趣，在政治上也绝不会同情革命者"。就这点而言，罗素对康拉德的判断似乎欠缺公允、客观，诚然康拉德是对政治制度不怎么感兴趣，因为在他看来政治改革是某些人操弄的，它无助于人性的改善，但这并不等于他不关心政治制度。在《在西方目光下》中，康拉德显然对沙俄专制独裁政权做了深刻的批判、讽刺，对西方民主政治显然是赞同的，尽管小说对日内瓦小岛上卢梭的雕像多有贬抑、讽刺之词，但当霍尔丁小姐对西方民主政治的弊端提出尖锐批评时，小说通过英国老语言教师之口，为西方民主制度做了袒护辩解，认为民主体制的建立是要付出一定代价，它的缺憾不足为奇。至于他对革命者的态度似乎比较复杂，小说对俄国

---

① （英）伯特兰·罗素：《罗素自传》（第一卷），胡作立、赵慧琪译，商务印书馆 2000 年版，第 301 页。

流亡革命者,如他们的首领伊凡诺夫的自私自利、哗众取宠进行尖锐的讽刺;但对于真诚地为革命事业而奋斗,不怕流血牺牲的霍尔丁,作者还是流露出些许同情、赞扬,甚至敬仰之情的。不过康拉德可能并不是看重他的革命信念,而是着眼于他对事业的忠诚和坚贞不屈的英雄气概。也就是说,看重他的道德品质。

罗素单凭对政治制度是否感兴趣来界定康拉德是否属于现代的,这似乎有失公允,因为现代主义作家通常都对政治制度不太感兴趣,难道仅凭这点就判定他们不是现代的么?判断一个作家是否是现代的,不能只看他对政治制度的态度,恐怕更要看他对现实人生的理解和态度,还有他的艺术趣味、艺术手法等。若是从这些方面考察,康拉德无疑是现代的。

二来罗素说康拉德是一个"十分古板的道德家"倒是一语中的。这表明,康拉德对传统道德的某些观念,例如忠诚、同情心、仁爱精神、团体精神等,是极其坚持、执着的,这就使康拉德一身兼两任,他既是古板的道德家,又是具有前卫意识的现代主义者。

这两种对立的因素,为何同时出现在一个作家身上?

首先是时代因素的影响。康拉德处于十九世纪后半叶思想文化新旧交替时期,传统因素与现代因素既互相渗透又互相排斥。传统因素中包含了现代因素,现代因素中又带有传统的痕迹,这个时期社会的复杂和矛盾情形,正如狄更斯在《双城记》第一章开头对法国大革命时期充满矛盾的时代氛围所做的描写那样:

　　那是最好的年月,那是最坏的年月,那是智慧的时代,那是愚蠢的时代,那是信仰的新纪元,那是怀疑的新纪元,那是光明的季节,那是黑暗的季节,那是希望的春天,那是绝望的冬天,我们将拥有一切,我们将一无所有,我们直接上天堂,我们直接下地狱……①

　　十九世纪后半叶的英国正处于大动荡、大变革时期。达尔文的进化论已动摇了宗教在精神领域里的统治地位,这时期英国政府不得不采取比较开放的政策,欧洲大陆各种新的文化思潮,包括哲学和心理学的新学说以及现代主义文艺思潮纷纷涌进英国。虽然出生于波兰贵族家庭的康拉德思想比较保守,但是二十年的航海生涯已大大扩展了他的眼界,他对新思想、新思潮还是比较容易接受的。加上他勤奋好学,涉猎广泛,不仅接触了从德国

———————

　　① （英)狄更斯:《双城记》,石永礼、赵文娟译,人民文学出版社 1993 年版,第 1 页。

传入英国的现代哲学和心理学,而且对法国的象征主义诗歌、印象主义绘画都有所了解,并且深受福楼拜、莫泊桑的创作思想影响。

处在复杂的思想文化背景下,康拉德本人的思想和兴趣爱好变得复杂了。康拉德不仅对英国带有保守主义倾向的文化传统怀有亲切感,对英国文学的人文关怀精神和浓郁的"道德情结"深感兴趣,同时又深受现代主义文艺思潮影响,对象征主义、印象主义情有独钟。因此,当康拉德踏上文学创作道路时,他的思想和创作带有鲜明的特点:他既是古板的道德家,又是个现代主义者。古板道德家对道德问题的关注与现代主义作家的"非道德化"倾向,在康拉德那里竟能共处并存、相得益彰,这不能不说是英国现代文学的奇葩。对这一奇特现象的剖析,也许有助于理解康拉德小说伦理批评的奥妙之处。

第二节　人性观:传统人性观与现代人性观的调和

传统人性观是"性善说"人性观,认为人的本性是善良的,人之所以变得邪恶,是受恶劣社会文化影响的结果。狄更斯便是"性善说"人性观的坚定信奉者。康拉德

声称，他从小便喜爱读狄更斯的创作。从他的创作来看，
康拉德的确深受狄更斯的影响，他之所以被罗素称为"古
板的道德家"，恐怕和狄更斯的影响不无关系。康拉德所
说的人性中的"神性"，实际上就体现了人的善良天性。
康拉德坚持人性中包含"神性"，表明他继承、发扬了英国
文学的道德传统。但康拉德作为现代主义者，却又相信
人的本性是邪恶的。面对二者的矛盾，康拉德作了适当
的调和，认为人并非绝对的善，也并非绝对的恶：而是善
中有恶，恶中有善，结果是亦善亦恶，也就是康拉德说的
"神性与劣根性的结合"。他用"神性"代替善，用"劣根
性"代替恶是大有讲究的。这不仅使各自的含义更具体、
更鲜明，而且使二者的主次更清楚："神性"不过是人性的
一个成分，劣根性才是人性的根本。这样，康拉德的人性
观便成为带有传统色彩的现代人性观。

　　这种含有主次之分的复合式人性观，显然影响了康
拉德小说伦理批评的走向。表现在以下几个方面：

　　第一，在人物塑造上形成这样的趋势：

　　一是正面人物处于弱势，反面人物处于强势。《吉姆
爷》中吉姆在捍卫帕图森土著居民利益的那场战斗中，他
本来处于优势地位，所以击退了布朗一伙的进攻。但当
布朗揭开吉姆心理上的伤疤后，吉姆在心理上陡然处于劣
势，最后落入布朗的阴谋圈套，转胜为败，走向悲剧结局；

《间谍》中温妮和她的妈妈、弟弟的仁爱精神终究敌不过无政府主义者的道德虚无主义,走向悲剧结局;《胜利》中善良、仁慈、助人为乐的海斯特,终究敌不过心地恶毒酒店老板苏姆贝格的阴谋诡计,即便一再退让,甚至到荒岛上过隐居生活,也逃脱不掉邪恶之徒的侵害,落得悲剧结局。

二是人物形象正、反鲜明(这点颇似狄更斯的风格),几乎没有亦善亦恶,处于中间状态的人物,只有犯了过错后,悔悟、赎罪的人物(例如吉姆和拉祖莫夫)或从拒腐蚀的好汉变为窃贼的堕落之徒(例如诺斯托罗莫)。这似乎显示了康拉德的一个意念,即人的神性与劣根性可以并存,但不相互渗透、混杂,成为非驴非马的混合物。

三是人物命运多以悲剧结局,极少出现喜剧式大团圆结局。

第二,从作品的思想倾向来看,康拉德在弘扬人的"神性"的同时,重点揭示人劣根性的危害。基于复合式的人性观,康拉德的伦理批评是双向的:在展现人的"神性",人性中光辉一面,向世界传播人类的福音和希望时,又表现人的劣根性,人性的丑恶一面,揭示人的劣根性给世界带来的危害。

康拉德伦理批评的双向性不只是他复合式人性观的投射,也是现实世界的真实写照和现代人心理的投射。人们总觉得现代社会是充满希望的,但又看到罪恶丛生、危机四伏、混沌无序的现实,令人困惑茫然。这正体现了康拉德小说结构性的内在张力。

康拉德在表现世界结构性的内在张力方面,似乎比传统作家,哪怕是一代文豪狄更斯都来得深沉、有力。这既显示了康拉德对英国现代社会发展变化的感悟,又凸显他复合式人性观的特点。

狄更斯比较单纯地把人性看作善良的,认为人性变得邪恶是社会文化影响的结果。因此一方面他希望人们通过他的创作了解社会的罪恶,引起当政者的注意,抓紧社会改革,避免即将到来的灭顶之灾。另一方面他着重表现陷入歧途的人们,有可能在经受挫折打击之后,对自己的过错有所认识,在善良人们的帮助和感化下,弃恶从善。

康拉德所处的时代,不可能让他怀有如此美好的期望,因为他面对的现代社会,已变得混乱无序,分崩离析,处于岌岌可危状态。光明与黑暗、希望与绝望,相距似乎只有一步之遥。人们面临信仰的危机,对世界是否存在绝对真理感到怀疑。康拉德自己也深受这种怀疑主义思想的煎熬。他不理解现代社会的危机是怎么产生的,在困惑迷茫中,他只得从人性寻找根源。他认定人类的灾难,人类自身的悲剧,是人类自己造成的。解铃还需系铃人,政治改革不可能解救现代社会的危机,只有从人性、道德上下功夫,人类社会庶几才有希望。

　　第三,人的"神性"与劣根性的对立被表现为光明世界与黑暗世界——陆地与海洋世界的对立。表现两个世界的对立是康拉德的首创。虽然狄更斯也有表现善良世界与邪恶世界的对立,但除了个别作品如《雾都孤儿》《远大前程》之外,大多数作品尚未构成带有体系性的两个世界。康拉德则不同,在多数作品中形成"人性化"与"非人性"对立的世界。而从整个创作来看,他的海洋小说,通过普通海员的英雄行为表现了人性中神性一面,他的丛林小说、城市小说则以表现人类劣根性为主。康拉德小说中两个世界的对立,实际上就是人性中"神性"与劣根性对立的外化。

　　尽管主观上康拉德未必明确意识到陆地世界与海洋世界之间的对立,折射出人性中两种因素(神性与劣根性)的对立,但当他面对陆地世界人类的恶行败德和阴郁的氛围时,自然想到航海生活中,海员们可歌可泣事迹,特别是英国商船社海员的英雄品格,他们使他看到人性中光彩照人的一面,感受到生活的意义和世界的希望。航海生活经验不仅触发了他的道德理想,而且激活了他身上潜在的浪漫精神。因此当他把自己的航海生活经验戏剧化、艺术化时,有意要让他展现的海洋世界成为他道德理想的载体,使它与陆地世界相对立。

当康拉德展现他心目中令人激动的海洋世界时，恐怕只想到要把它表现为人类精神世界的灯塔，让它照亮人类的心灵，给人类指明前进的方向，未必有让它战胜人类恶习的意图。康拉德把伦理道德视为医治社会疾病，拯救现代社会的一剂良药，出发点也就在这里。表面看来，康拉德和狄更斯都强调文学作品起到干预生活的功能，但实际上二者还是有区别的。狄更斯强调文学应起到"消除社会恶习，匡正时弊"，使人们改恶从善的作用。康拉德则强调让读者看到生活的真相，让人们把它和人类的本性联系起来，从而起到启迪警示作用。

第三节　致力于人类精神家园的营造

康拉德继承了英国文学的道德传统，面对日益败坏的道德风气，他希望通过作品中正面人物形象来弘扬人的"神性"，他用创作使这种"神性"焕发的光芒成为时代理想的灯塔，为现代人类营造理想的精神家园。

一、康拉德对英国文学道德传统的痴迷

英国文学的道德传统从莎士比亚到狄更斯，虽有很大的发展变化，但基本精神不变，一以贯之，就是人文关

怀精神,即对人的生存状态,人的苦难、期望和追求的关注,对人之为人的道德规范的严格要求,对反人道、反人性野蛮行径的严厉谴责。

应该说,英国文学的道德传统和比较注重人行为道德规范的民族特性相辅相成。英国文学的道德传统既是英国民族性的体现,又对增强英国民族特性,稳定社会起到积极作用。正是有感于此,康拉德对英国文学的道德传统极其重视,甚至到了痴迷的程度。出身于波兰贵族阶层的康拉德,从小受到家庭的道德氛围熏陶,对人类行为道德的关注已心领神会。当他面对人与人日渐疏离,道德风气日益败坏的社会现状时,自然要借助英国道德传统的精神力量,重振社会风气,拯救现代社会于危难之中。

康拉德以自己的创作干预社会风气的倾向,自然与现代主义的"文学非道德化"主张相悖。现代派理论家认为,现代人应从传统道德束缚中解放出来。他们认为,英国统治者和精英阶层对道德的苛求,束缚了人的个性和创造力,对口头上标榜道德、骨子里却男盗女娼贵族阶级的虚伪作风,他们特别厌恶,认为现在是摘下道德这个紧箍咒的时候了。同时他们认为,干预社会道德风气或解决社会问题,那是道德家、政治家的事情,不是文学家的责任。

　　康拉德在创作中对道德问题的关注,自然难免招来误解和指责,所以他两次声明,他的创作没有直接的道德目的。他一再表明道德教诲不是作家的责任,并且坚持认为,小说是一种"专注的努力",目的在于发现人类经验中具有恒久和本质价值的东西。小说的主要功用就是要以"特殊的手法表现人类的生活"。① 同时他在《在西方目光下》通过英国老语言教师之口,肯定某种"道德上的发现应该是每一个故事的目标"。② 他还认定,道德是"根治苦难人类的种种疾病的万灵药"。③

　　其实康拉德小说的伦理批评并非完全与现代派主张的"非道德化"相悖,康拉德否认文学创作的直接道德目的显然与"非道德化"主张相符合,只是他不同意文学与道德功用完全分离,而坚持道德是"根治苦难人类的种种疾病的万灵药"。这应该说是古板道德家对作为现代派的康拉德的一个小小的胜利。但是,这个小小的胜利却发挥了巨大的功能,它不仅影响了康拉德小说伦理批评

---

　　① 　J.Conrad：*The Nigger of the 'Narcissus'*，Oxford University Press，1954，p.1.

　　② 　J.Conrad：*Under Western Eyes*，Penguin Books Ltd，1985，p.62.

　　③ 　M. F. Ford：*Thus to Revisit：Some Reminiscences*，Octagon Books，1966，p.19.

的走向,而且影响了康拉德整个创作的思想倾向和价值取向。

二、以正面人物弘扬人的"神性"

康拉德作为古板的道德家,力图通过伦理批评彰显道德的精神力量,揭示人的价值、生活的意义。他要为陷于信仰危机中的现代社会,注入精神的强心剂,让人们认识到,虽然现代人正处于道德的衰败中,失去了昔日的雄风,大有江河日下之势,但人类并未沦为一无是处的可怜虫。人性中的"神性"是扑不灭的。康拉德有意识地通过他笔下的"正面人物"对道德原则的坚守,对道德理想的追求,弘扬人的"神性",正是为了营造人类的精神家园,让处于信仰危机中彷徨的人们,看到一线光明,感悟到生活的意义和价值,从而振作精神,为改变自己的处境而斗争。

康拉德笔下每一个"正面人物",差不多都是道德理想的追求者、精神家园的建设者。尽管他们在追求自己的道德理想时,经常遇到各种各样的险阻或受到邪恶势力的打击,但他们忠诚于自己的理想,坚持道德原则。正因为如此,他们的善举和理想才体现了人类的"神性"。

康拉德作品中"正面人物"追求的道德理想,无不体现了对人类美德的张扬。例如《诺斯托罗莫》中的艾米莉娅为人善良、温文尔雅、心胸开阔,关心他人胜于关心自己。她不辞辛苦,支持丈夫开发银矿事业,想到的不是日后的荣华富贵,而是促进社会的繁荣、进步,惠及苍生百姓。尽管她听了莫尼汉医生的一席话之后,如梦初醒,看到了真正的人生,对家族的未来感到绝望,但她并没放弃自己的道德理想,依然一如既往地关心他人胜于关心自己。

康拉德的海洋小说更塑造了众多感人的海员形象,例如《"水仙号"上的黑水手》中的老海员辛格尔顿,《台风》中的老船长马克惠,《阴影线》中的年轻船长约翰·聂文,他们的共同特点是刚强、勇敢、不畏艰难险阻,对事业忠心耿耿,他们的英雄品格闪耀着人性的光辉。从他们身上看到,人是高贵的,打不倒的。

三、营造精神家园,散发理想光芒

康拉德营造的精神家园不是个别人的精神品格或道德理想,而是一个时代先觉者精神品格和理想的汇集,因此它体现了一个时代的精神企求。尽管这个时代危机四伏,矛盾重重,但人潜在的精神力量不可小觑。它表明,即使在一个信仰危机的时代,理想的火花也并未熄灭,人性中的神性总要焕发出耀眼的光芒。正因为如此,康拉德营造的精神家园,成为一个时代理想的灯塔,它的光芒永不熄灭,即使在今天,它仍旧照亮人们的心灵,它给人们以启示和鼓舞,成为支撑人们精神世界的一种无形的力量。

第四节　古板道德家的内在矛盾

作为古板的道德家,康拉德面对现实世界,深感事与愿违、力不从心。而他的前卫意识也在其道德观影响下受到了削弱。

一、康拉德面对历史风云的无奈

康拉德要以道德拯救现代社会,而现代社会的主潮是除旧布新,张扬传统道德大有逆历史潮流而动之嫌。哲学家罗素认为康拉德"不是现代的",而是一个"十分古板的道德家"有一定道理。比如,当现代社会革命思潮风起云涌时,康拉德对革命不感兴趣,对革命者一般不怀好感,因为他认为政治改革不能解决心灵问题,要扭转世风日下的道德风气,改善人的心灵,只有从道德入手。但事实证明,康拉德创作在道德方面的努力收效甚微。正如伍尔夫所说,"康拉德虽然坚信这个世界是建立在几个非常简单的思想观念上,但读者去哪里寻找,在客厅里可没有桅杆;台风也不会来考验政客和商人的存在价值,到处探索,却已然找不到这样的支柱了"。①

　　虽然康拉德坚称,小说创作中某种"道德上的发现应该是每一个故事的目标",但要把道德当作拯救现代社会的灵丹妙药,恐怕过于夸大了伦理道德的功能。康拉德认为,"人类本身固有的愚昧、怯懦和残忍是无法改造的,所以他反对政治改革的成效"②。虽然政治改革不一定能改造人的劣根性,但伦理道德也不一定奏效。由此看来,康拉德要让伦理道德承担拯救现代社会的重任,不仅有逆历史潮流而动之嫌,而且带有一定的虚妄性。康拉德的主观愿望与现实的尖锐矛盾,使康拉德陷入无法摆脱的悲剧情怀,他的悲观主义、怀疑主义由此产生。但作为"古板"的道德家,他肯定人性中的"神性",坚持道德理想,并不对人类感到绝望,所以他不可能走向虚无主义,也就是说他的悲观主义、怀疑主义是有限度的。这是康拉德作为古板道德家的一个重要特点。

二、被政治问题道德化削弱的前卫锋芒

　　在康拉德看来,政治问题的实质是道德问题,所以他

---

　　①　(英)弗吉尼亚·伍尔夫:《论小说与小说家》,瞿世镜译,上海文艺出版社 2000 年版,第 191 页。

　　②　P. Kirschner：*Conrad：The Psychologist as Artist*,Obliver&Boyd,1968,p.219.

的几部政治小说，如《诺斯托罗莫》《间谍》和《在西方目光下》都把政治问题道德化，也就是说以道德视角切入政治题材，从中揭示它的道德意义。除了政治问题的道德化处理之外，康拉德创作的基本倾向就是揭示生活中的道德问题。对于现代主义作家热衷的主题，比如人的生存困境、人生的意义和价值这些比较抽象的哲理性问题却较少关注，难怪有的评论家坚持把康拉德放在维多利亚时代传统型的作家群里，而忽视了康拉德创作思想艺术的现代特点。

附　录

论约瑟夫·康拉德小说的特色

　　英国现代著名小说家约瑟夫·康拉德(1857—1924)在近 30 年的创作生涯中,总共出版 31 部中、长篇小说以及短篇小说集和散文集。从康拉德的创作活动时期来看,他正处在英国现实主义小说衰落、现代派小说崛起的过渡阶段。如果说亨利·詹姆斯是英国现代主义小说的先驱者,那么,"约瑟夫·康拉德在许多方面便是亨利·詹姆斯的真正继承人"。① 像詹姆斯一样,"约瑟夫·康拉德的主要作品为最杰出的维多利亚小说与最出色的现代派作家提供了一个过渡"。② 这表明了康拉德的小说在英国小说史上的重要地位。

　　康拉德小说的过渡性昭示了它的特征:它既具有现实主义小说的现实性、具体性和逼真性,又不同于以再现日常生活为能事的传统现实主义小说。康拉德本是波兰人,早年从事航海,成年后才开始学习英语。作为一个航海家,他的小说的题材自然有别于一般的现代小说;作为一个波兰血统的英国人,又是成年后才在英国定居,他的思想感情必然有别于土生土长的英国作家。大概正是这些个人的因素,使他较易受到当时流行的印象主义艺术影响。所以毫不奇怪,他的小说创造性地融汇了印象主义的艺术技法。正如西方一些评论家所说,若要给康拉德的创作贴个标签的话,印象主义最为适合。康拉德自己也说过:"小说的魅力在于通过感觉传达印象。"可是,印象无法通过创造极其完整的细节来表达,它整个说来是直觉的。"康拉德的小说,实质上纯粹是感官的印象,它表现得极其生动、直接。"③

一

印象主义者也是心理学家。《吉姆爷》(1900)便是康拉德运用心理学方法来表示感官印象的样板。他的印象主义技法的一个特点,是表达的不连续性,叙述的散漫性以及事件发生的偶然性,以致乍一看来,他的小说根本没有方法可循,不过是由这个人、那个人所讲的航海故事的综合而已。而不同的目击者的叙述又难以调和。这正是《吉姆爷》中那个调查委员会了解事故的由来、"帕特纳号"被抛弃的原委时面临的困难;读者要了解主人公的经历也不得不费点脑筋。

康拉德在两个方面与斯泰恩颇相似:他们都是印象主义者,而且他们都对人们的心灵难以沟通这一事实感兴趣。普通的小说家看出事物固有的逻辑性,表现事件的因果关系:这是受理性支配的现实主义。印象主义者却不理会事物的逻辑性,他给我们显示的是人物对外界的瞬间反应,事物在感官上形成的效果,而不是对感觉到、看到或听到的事物作合理的描述。但是通过这些印象生动有力的作用,传达了我们与事件直接接触时的感觉。康拉德说过:"一切创造的艺术都是魔术。"他自己的确经常唤起这种幻觉——这是他讲故事的唯一方式。这类印象主义要比注重平凡事物的客观再现的现实主义富于动力感,它的效果更像是未加工过的感觉,像是原始状态的心理体验材料。在印象主义者看来,真实性不一定存在于易于理解的故事之中;这类故事一般按印象的先后次序加以整理,表现为简化了的可理解的关系。但是,当我们的理解力立即捕捉住汇集的事物,并领会它们时,我们对事物的理解要生动活泼得多,对它们的把握也牢固得多,因而小说更接近生活。完整的意义立即或逐渐从汇集的印象中浮现出来;同时我们可以从混乱中看到秩序,而且错综复杂的生活的幻想,或者如康拉德所说的"大自然的整个幻觉"由此被唤起。

《吉姆爷》自始至终是这样的印象主义的产物。小说中充满偶然发生的事件(例如"帕特纳号"发生的事故).一切事情由此而来。故事便由一连串的偶然事件构成:这些事件只偶尔关联,而不是作为密切衔接的事件展开。所有互不关联的景象、个人的猜测、各自独立的报道和偶然的观察渐渐凑到一块让读者自己去串连这些插曲。康拉德造成一种形式,让读者和他一起阐释每一个事实,因此使读者感到每个时刻都是紧张的。无论从景物或非凡的自然现象的描写来看,还是从故事安排的方式来看,康拉德都是个印象主义者,尽管在以后的作品中,他已不常使用《吉姆爷》中那种复杂化的迂回方法。表面看来,康拉德与詹姆斯的技法颇相似,例如他们都看到动机的复杂性,并从不同角度来观察情况。但是,相似不等于一致。康拉德向詹姆斯学习只是为了使自己变得更完善而已。许多小说家都注重视觉和画面表现的效果,哈代就是一个有代表性的作家。但是从没有一个小说作家像康拉德一样完全仰仗感官印象,他几乎排除了理智的作用。

如果说在《吉姆爷》中,康拉德讲述的是他看见的或推测的东西,那么,在《"水仙号"上的黑水手》(1897)、《青春》(1902)、《黑暗的心》(1902)、《台风》(1903)等小说中,他则详述他自己经历过的事情。康拉德说过,在他的航海小说和关于航海的散文作品《大海的镜》(1906)中,他"真诚地试图描述海洋世界中的生活以及过了大半辈子孤独生活的纯朴的人们的内心世界的波澜,并试图描述似乎只有在船上才会产生的某种感情……"④按照传统观念,长篇小说要有一定篇幅和描写的广度,要有情节、基本观念、题旨、情感,要求有明确的结局、适当的内在联系和完整性。以这个标准来检验康拉德的小说,的确有点离谱。但是他的大部分作品都是圆熟的、扎实的;它们各有自己的统一性。它们像史诗一样,由一连串插曲构成,详述英雄的坚毅性和忍耐精神;海洋故事展示了海员的生活,表现了他们的冷酷、庄严、卑劣和怪僻。《"水仙号"上的黑水手》是给康拉德带来声誉的第一部小说。它的题材并不新鲜,只不过写一艘名叫"水仙号"的船绕过好望角往回驶的航程,主题却表现得卓绝超群。它的新颖之处在于,以印象主义手法描绘了船上粗野的生活,由于水手们与外在势力的超人的冲突而显得高尚、意气风发,并且因一名黑人的到来,船上的情境转化成一出可怕的悲喜剧。这个黑人在未料到的时候死去了,而他的死对船上的人们产生了深刻的影响。

　　对康拉德说来,大自然是一种人格化的力量,正如在哈代的小说中一样;生活就是与宇宙的力量的一场鏖战。但是康拉德把这场鏖战看作对人类的一种考验。在他看来,生活经常在考验我们:任何偶然的事情都可能成为检验自身人格的机会。

二

《吉姆爷》可以说是康拉德的《哈姆雷特》，它是一出富于想象力的人的悲剧。吉姆怀着病态的心理，意识到在可怕的危急关头时事情的可能结果，以致他变得麻木，失去了决断的能力，他压根儿不能行动，这个故事以各种印象集中体现了一个事件：年轻的海员吉姆是运载八百名朝圣香客的大船"帕特纳号"的大副。夜晚，"帕特纳号"因误触半沉的无主漂船而失事，眼看就要陷沉。惊慌失措的船长和工程师擅离职守，弃船逃跑；吉姆一时头脑混乱，去留难决，终因本能的恐惧跳进小船逃生。实际上，帕特那号没有沉没，它仍在海上漂浮，终于被另一艘船发现。船长因撒谎而被逮捕，吉姆因失职而抱憾羞愧。但是后来他在马来亚找到赎罪的机会，在那里他成为一个酋长的顾问，受到人们的信任、尊敬。最后，他因轻信海盗，使头领的儿子遭杀害。吉姆又一次因失去众望而悔恨不已，他主动请求惩罚，以死赎罪。这个要旨表明了原因和结果的关联，但康拉德是把它当作许多连续的、瞬间的画面，即感官的各种印象来表述。

有些研究者认为，《吉姆爷》是个道德训诲故事（离弃—忏悔—赎罪），给了人们适当的教训。这不啻说，作者处理的是各种观念，特别是道德观念，事实上，《吉姆爷》的症结不在于犯罪与赎罪,而是个人荣誉、同伴的尊敬以及他自己的诚实问题。麻烦的是"帕特纳号"并未沉没。假如船沉了,就完全有理由说。这船的负责人,包括吉姆在内,将蒙受奇耻大辱,但是他们却不至于被革职;吉姆也不至于落到悲剧下场。康拉德的意愿不是说教,而是把生活表现为震撼心灵的冲突,即人们时时都与像是有意和我们作对的境遇斗争。尽管这冲突被解释为带有明显的敌意,但它是对一个人的品格、勇气的考验,因而它成为道德上的困境。不管怎样,道德上的困境蕴含于每一个真正的艺术作品之中,因为伦理道德对一个自觉的人来说,是人类处境中最重要、最持久的方面。但是做一个道德学家,以道德为作品的主题,把艺术作品变为某种教义的实用主义的解说。这在康拉德看来,不仅侵犯了艺术的尊严,而且背离了他依据感官印象进行创作的宗旨。不错,如果他觉得合适的话,尽可以让马洛作为一个评论者;虽然马洛不时发表个人的见解,但是他有限的职能是澄清故事。马洛站在读者与康拉德之间,按照康拉德的观点观察事物。在《"水仙号"上的黑水手》、《青春》和《台风》中,人被表现为与大自然、海洋,最终与命运作斗争,并战胜可怕的奇异事物。在《吉姆爷》和《诺斯托罗莫》(1904)以及其他长篇小说、短篇小说中,人与有敌意的境遇的冲突却是最重要的,而在《黑暗的心》(1902)、

《机遇》(1914)、《胜利》(1915)等小说中,敌对势力却是人们自己心中的魔鬼。在这种场合下,人变得忧伤抑郁;但是对康拉德说来,这并不意味着人被打败。恰恰相反,《胜利》虽以一对情人的死亡为结局,但就在死神降临之际,一切障碍都被排除了,他们赢得了他们自己,获得了精神上完全相通的幸福。康拉德蔑视感伤的浪漫主义者所钟爱的"诗人的正义"。他正在夺取神圣的全知全能者的特权。

在康拉德看来,悲剧不是坏事,而是赏心悦目的、富于生命力和推动力的事情,简言之,这是一种胜利。这难道是怜悯的胜利吗? 决不是,怜悯包含了轻蔑。这是人类品格的胜利。优美的悲剧并不使旁观者充满无限的懊丧,而是让他怀着一种惊奇感和对光辉成就的喜悦。我们因人类的精神力量战胜了一切邪恶和道德上的灾难,宁静地面对结局而感到自豪。虽然命运似乎占了上风,但那是虚假的表象;精神比命运更尊贵、更崇高。

康拉德似乎对乔治·艾略特或哈代不甚感兴趣。他不大理睬前者的教导主义,但是他对人类命运的悲剧性的解释却与这两位小说家的最精彩的见解相似。他的绝大多数故事的结局类似哈代的《林地居民》的结尾那样严峻,也与乔治·艾略特的《弗洛斯河上的磨坊》中那场使汤姆与麦琪达到相互谅解的灾难相似。像乔治·艾略特一样,康拉德有时候也借助热闹的场面和情节来表现这样的危机,他也探讨抽象的忍耐和忍从等德行问题。他悲伤地意识到,邪恶居于主导地位,以致他问自己,是否任何伦理的宇宙观都是不合理的。须知他是在罗马天主教熏陶下成长起来的,但是他抛弃了任何超自然的信条。他的宗教以人的神性为基础。显然,在他看来,人是整个宇宙中自觉的一个元素。体现冷漠的、不可思议的宇宙中人的特性和孤独,人的尊严和人的自我负责的敏锐感觉,以及一种同样敏锐、同样深刻,不只是抽象的正义,而是对勇敢、坚韧、忠诚于伙伴的人具有无比价值的感觉——这些构成了康拉德的宗教。

三

康拉德同意亨利·詹姆斯提出来的"小说是历史的形式"的主张,"小说是历史,人的历史,否则它什么也不是。但是它又不止于此:由于它基于形式的真实和对社会现象的观察,它有更坚实的基础,而历史基于文献……基于第二手的印象"⑤。因此,小说家既严肃又负责,特别是当小说家像康拉德一样,凭借精密的观察来处理他周围的那些人的动机和行为时,就意味着他与男男女女以及他们的行为发生直接的关系。康拉德以两种不同的方式追求真实:一种是《"水仙号"上的黑水手》《青春》、

《台风》以及《黑暗的心》所采取的方式,另一种是《吉姆爷》和《机遇》采取的方式。应该补充说一句:第一种方式最典型的是那些最富于戏剧性的故事以及更丰富、更从容的长篇小说。在第一种方式中,他表现一艘船集体的冒险,通过一连串的知觉构成事物实际的戏剧化状态,造成使人产生幻觉的逼真情况。在另一种方式中,张力得到缓解,作者缓慢地、细腻地把过去的事情表现得像眼前发生的一样。从从容容地处理结果和事件所产生的问题,本身就带有同样强烈的现实感。《诺斯托罗莫》、《间谍》(1907)、《在西方目光下》(1911)等小说,显然就是从容反省进程的结果。康拉德并不一味通过目击者、报道或其他方法来创造直接与现实接触的幻象。他也有疏漏的时候,例如《"水仙号"上的黑水手》便背离了单一的观点,有时候故事叙述者对他显然不熟悉的事情夸夸其谈,他简直忘了,事情发生时,他自己在别处,不可能了解他所说的事。《胜利》的叙述手法更是笨拙,叙述者装出一副言之凿凿的样子。

印象主义并不认为它的人物具有各种特质和智力,能敏锐地意识到他们自身的困境。康拉德不注重分析。尽管表面看来他的创作方法常与詹姆斯的相似,但实质上二者是不同的。康拉德难得对他的人物进行剖析,只是在他晚年的小说中,他才注意分析他的重要人物的内心活动,把他所创造的人物看作是一个整体,使人物的行动基于内心的冲动或习惯,或者他们自己难以言说的复杂的感情,我们对这些人物只能凭直感来认知。这些人物之所以生动活泼,正是由于他们内心充满具有普遍意义的感情;读者被置于和他们密切接触的地位。传统小说中主人公的单调、呆板已被詹姆斯和康拉德一扫而光。康拉德小说中的人物,不管是单纯的,还是复杂的,每一个都被当作对环境的震动做出反应的鲜明个体,但是并不轻易表露内心的秘密。康拉德的人物的整体性和独特性是不可分割的,因此我们无法表明,人物个性中最细微的部分具有什么实质。

康拉德认为,生活不可以被简单化。但是他所说的简单化,是可理解、可识透的意思。由于他把生活看得无限复杂,又不信任理智的作用,因此在他眼里,生活终于成为不可知的谜。对他说来,个体的不可知性就是悲剧的主题。

康拉德的作品蕴含着他自己独特的价值观念:他把生活看成是一连串的、不息的冲突,而他保持缄默、冷漠和中立的态度。讥讽标示了他的价值观念的一种变换方式。它表现于人物的言行中或人物的相互关系中,或事件的最后结局中。他的讥讽表面看来并不尖刻,却深入到事物的底蕴,揭示了他想象中的世界的根本。他的小说包含两种迥异的结构形态,也就有相应的两组人物;讥讽来自二者,但主要源于对比。在《"水仙号"上的黑水手》《青春》《台风》中,忠实、坚毅的品格与造成灾祸的势力相对立。在《吉姆爷》《诺斯托罗莫》和《在西方目光下》等小说中,主人公因自己心灵的弱点或一时的疏忽而忧伤时,奋力弥补自己的过失,使自我得到更新。与此平行的是另一组尖锐对立的人物:一种是英雄式的人物,另一种是邪恶的或道德沦丧的人物;他们代表了他的理想的对立面。看来一时的疏忽和露骨的卑鄙构成了康拉德小说的主题内容。哈代并不相信神奇的力量和专横的教义,他赞美人的意志,他的讥讽目标是宇宙本身。康拉德却不谴责宇宙,也不像哈代一样诅咒命运。至于终极的原因是什么,他承认,他一无所知。他只向读者展示悲惨的景况。在他看来,不管怎样,人是处于伦理关系中的,而当天意似乎与人作对时,这也许是对人的一种最高的考验。我们在人世间所面对的最糟糕的邪恶是人自身的虚伪、卑鄙、坏心肠,或者是徒有善良的意图而意志薄弱。他认为,根本没有什么天命可以帮助人摆脱困境。但是,假若人能认真对待自己的话,他至少还有力量作像样的拼搏。康拉德相信,人类可以依靠自身的精神力量自救。在他看来,天意也许是邪恶的,但是他并不怨天尤人。而把讽刺的锋芒对准懦弱的人,或欠缺智力的人,或因软

弱、虚伪而使目的落空的人。在他眼里,自私和坏心肠对
人世的败坏比天意更糟糕,但他认为,这些过于粗鄙,不
值得讽刺,只要暴露它们的丑陋就够了。他对误信恶棍
的忠诚,即误认邪恶为善良的人给予最辛辣的讽刺。例
如在《黑暗的心》中,马洛关于他在布鲁塞尔与那个被库
尔兹欺骗、抛弃的姑娘会见过程的叙述,就富于尖锐的讽
刺意味。

四

　　福特·马多克斯·福特曾把他的朋友康拉德称作
"伊利莎白时代的绅士",这有几分道理。的确,康拉德的
小说比任何一个现代作品更使人想到莎士比亚的悲剧:
他像伊利莎白时代的人一样喜爱激动人心的事件、使人
陶醉的场景、激烈的冲突以及华丽的、壮观的景象。尽管
他的主人公不是贵族,但是他们具有广泛的代表性,在他
们自己的世界里成为浮雕式的形象,像莎士比亚的主人
公一样,他们常常与代表异己力量的恶棍进行搏斗;他们
也像莎士比亚的人物一样,即使失败了,死了,也是光彩
照人的。总的说来,康拉德所描写的悲剧是那样壮观、激
动人心,而且富于激情和色彩。康拉德的作品的确具有
古典悲剧的魅力。现代小说已丧失了这个特色,充其量
它只在通俗的浪漫主义作品中成为俗气的点缀。

　　但是康拉德毕竟与清醒的现代作家有着更强的血缘关系。他的悲剧决不是复古,也决不只是浮光掠影的浪漫主义的闹剧。因为作为它的哲学基础的是成为现代文学特殊问题的、难以克服的悲观主义。不管莎士比亚的世界多么阴暗、死气沉沉,但它看来是受道德秩序制约的,或者至少具有一定的道德性质。从任何理性的观点看来,康拉德的小说世界却完全是残酷无情的、不可理解的。在他看来,一切都是"无目的的残酷逻辑的神秘安排"。即使他笔下的歹徒也不扰乱自然秩序,通常只显得可笑而已,正像他所描绘的原始社会一样。但是像《胜利》中鬼怪似的琼斯,《吉姆爷》中邪恶的布朗集中体现了恶毒的本质,用康拉德的话来说,他们似乎是黑暗势力的盲目的同谋。他自始至终抱着一个信念:"事物是无限冷漠的",这种冷漠甚至到了残酷无情的地步,这正如哈代的作品一样,世界的冷漠被表现为纯粹的恶意,在康拉德的作品里,高尚的和卑劣的事物都以貌似公正无私的方式被摧毁了。

　　康拉德的主人公常常与强大的黑暗势力进行无望的斗争;正如康拉德的代言人马洛所说,"值得注意的是,世上许多人生来不适应等待着他们的命运"。康拉德的主人公就是这样的人。他总是让他们处在一种吃不消的情境之中,无论从天性还是从教养来说,他们都不适应他们面对的情境,因此,面临这个陌生的情境时,他们总显得手足无措,滑稽可笑。例如《岛上的流浪者》(1896)的主人公威廉斯在无理性的激情推动下,走向身败名裂的境地,他自始至终仿佛落入了一个注定的命运。他和艾莎"毫无共同之处——没有一丁点思想、一丁点感情是相同的;他无法向她表明他的任何行为的最简单的动机……但是,没有她,他活不了"。整个戏剧性事件的琐屑无聊在最后一个场景中得到渲染:一个醉醺醺的游客和绷着脸、怒气冲天的奥尔迈耶进行着一场伤感的谈话。奥尔迈耶向威廉斯的坟墓晃着拳头,声言他满心希望他的灵魂得不到怜悯;而艾伊莎成了一个母夜叉式的女人。在康拉德看来,这无非是天意。

正像哈代的情况一样,康拉德的讥讽也基于自己的主观见解,是普通经验的扭曲;但是在哈代小说里,讥讽是通过拙劣的叙述表现出来的,而在康拉德小说里,讥讽却表现为唤起读者情感的种种暗示。也就是说,康拉德并不把自己的态度通过事件的叙述表现出来,而让它渗透于整个故事、使其成为有机统一体的气氛之中。渗透于康拉德小说中的更根本的东西是令人心焦的孤独感。"我们活着像做梦一样——孤零零的,"马洛说。康拉德自己正被这种无法逃脱的、凄凉的心境所压倒。吉姆爷、艾米莉娅·高尔德、诺斯托罗莫、海斯特和列娜——这些人物都在孤独中挣扎，感到"从摇篮到坟墓，也许一直到死后的那个世界，环绕着、包围着人的灵魂的是不可打破的孤单、可怕的孤独"。只有马洛才理解这一点；但即使是他也只能透过帷幕，模糊地看到的。

对这个固执的观念，通常的解释是，康拉德不倦地探寻潜藏在一切表面现象之下的内在真实，他又无限关心个人灵魂的奇异性及其神秘的实质。在他看来，正是这种奇异性显示了各个心灵的特质，并使它陷于孤独状态。事实上，极少作家能像他那样洞察到潜藏在熟悉的表象下面的奇异感。但是在《约瑟夫·康拉德的波兰天性》中，格斯塔夫·莫尔夫提出了另一种解释：康拉德只不过体现他自己脱离祖国后的命运。移居英国之后，康拉德乐于使自己与英国人完全一致，因而他对英国的传统和理想，特别是能激发商业航海的理想，怀着一种浪漫主义的虔诚。可是实质上他仍是一个地道的波兰人——到死他在内心深处也还是个侨民。他不仅在短篇小说《艾米·福斯特》中以薄弱的伪装表达了他在陌生的国土上的孤单，而且他的所有主人公几乎都像他一样是个忧郁的、离群的流浪者。

康拉德执着地表现人类的孤独，这显然使他的艺术视野变得狭窄，而他的悲观主义哲学也不能不限制了他的想象力，他悲剧的不变的程式导致他的小说千篇一律。

他的主人公大体上都是思想严肃、不苟言笑的人,他引进的一些纯朴的人物,给画面投下了阴影。他几乎不表现普通人的生活,在他的小说中见不到令人愉快的琐事和荒唐的事情。普通人承认生活是辛苦的,也许是令人厌倦的,麻烦的,但不一定非豁出去不可。对此他似乎熟视无睹。他偶然写一些像《七岛上的弗莱雅》一样的短篇,表现受苦何等不公道,横行无阻的邪恶势力多么可恨,因此悲剧不过是痛苦而已。他似乎注视他的人物走向失败,而像冷漠的神一样无动于衷。他自己的评论似乎是"这没关系"。他的一些议论显得前后矛盾。"啊,戴维逊,愿不了解年轻人充满希望,充满爱,对生活充满信心的人受难。"——这是《胜利》中的主人公海斯特的最后一句话,这显然也是康拉德自己对故事的评论。人们倒奇怪,既然生活对海斯特和列娜如此残酷,为什么列娜还要相信生活?而康拉德自己为什么又一直离得远远的?

康拉德在《机遇》的前言中写道:"亘古以来,地球上人的历史可以用一句无限沉痛的话来表达:他们生下来,受苦,死去……不过这是一篇伟大的故事!"一篇伟大的故事——这种诗人气质的呼声响彻他的小说。即使他的主人公是软弱的、下贱的,他也给他们的悲剧抹上光彩。他不只是提醒读者注意人微不足道的努力,还不知不觉地把他引进一个无比巨大的,虽说可怕,但决非卑贱的世界。

如果说康拉德对待生活的态度是悲观主义的,那么它显然也是浪漫主义的、理想主义的。在怀疑纯朴的时代,他所信仰的纯朴性必然受到无限复杂的信仰的压迫。对康拉德说来,不管宇宙的结构多么不可理解,人的内心生活多么神秘、不可捉摸,他的世界基本上是不复杂的,人的活动只受一些简单的原则、粗浅的真理引导。他在《熟悉的绪言》中写道:"读我的作品的人都知道我坚持的信仰,那就是:现实世界依赖于少数单纯的观念;它们质朴得象山岗一样古老·在其他观念中,它特别依赖忠实的观念。"

注:

①瓦尔特·艾伦:《英国小说》,企鹅1978年版,第302页。

②F. R. 卡尔·M. 玛格拉纳:《20世纪英国伟大小说家阅读指南》,托玛斯与哈得逊伦敦,第47页。

③赫柏特·J. 穆尔勒:《现代小说》,纽约与伦敦1937年版,第245～246页。

④约瑟夫·康拉德:《个人的记录:熟悉的绪言》。

⑤《生活与文学礼记》"亨利·詹姆斯"第17页。

后 记

我从事欧美文学教学研究几十年来,对欧美文学做过较广泛的研究和论述。在退休后的二十余年里,我深入研究了两位英国伟大的小说家——查尔斯·狄更斯与约瑟夫·康拉德。他们都是 19 世纪英国各领风骚的伟大作家。康拉德自幼喜欢狄更斯的作品,在创作上深受其影响。

我在撰写《康拉德小说与伦理批评》时,从伦理批评角度,对他们之间的人性观、伦理观以及艺术观的传承、发展关系做了较多论述。

我对这两位作家,均有评传和专论,这纯属偶然,并非事先计划安排的。《康拉德小说与伦理批评》是我的封笔之作,这本书耗尽了我的精力,我以年迈带病之躯,奋力为之,现在总算实现了自己的心愿。

此书出版得到中文系相关老师的热忱支持与帮助,特致谢忱!

赖干坚

二〇二二年五月一日